»Angekommen im Leben«

Nach »Ausgebrochen aus der Einsamkeit« sind jetzt mehr als 20 Jahre vergangen.

Es sind scheinbar alltägliche Geschichten, und doch sind sie besonders, weil ich sie nüchtern erlebt habe.

Dafür bin ich dankbar.

Tom Hopfinger

»Angekommen im Leben«

Neue Geschichten, Gedichte,
Gedanken, Liedtexte,
Erzählungen, Theaterszenen und
Glossen eines »Nüchternen«

»Aus«

»gebrochen«

»An«

»gekommen«

Herstellung und Verlag:
BoD - Books on Demand, Norderstedt
ISBN 978-3-7386-0320-0

Inhalt

Aus meinem Tagebuch   7

Gedanken zu der Zeit,   14
als ich fünfzig geworden bin

Braune Augen   18

Kein Tag, wie jeder andere   19
– oder – Ein einschneidendes
Erlebnis

Mein Sternzeichen   61

Aus meinem Tagebuch   63

Von der Zeit   67

Millionen Worte will ich sagen   69

Du   70

Unbestimmbar   72

Ein leiser Schrei,   73
lauter Gedanken

Sabine und Bernd   78

Am Bühnenrand 87

Warten – warten auf dich 88

Mein Bild im See 97

Wenn die Last zu groß 99
und jede Hilfe verweigert wird.

Unser Sonntagsjunge 105

Ein alter Brief 107

Die alten Bäume 109

Ausgeschissen gut 112

Aus meinem Tagebuch 134

Versuchter Anruf ganz oben 136

Wetter – 139
und andere Betrachtungen im Urlaub

Danke an 155

Wir lieben Schnee 157
ENDE 167

Aus meinem Tagebuch

Samstag, 12.01.08

Mit vielen Freunden feiere ich
meinen fünfzigsten Geburtstag nach.

Ein Fest voll mit Musik und
Erinnerungen.

Auch schmerzvollen.

Vor allem aber Freude.

Freude über ein rundum gelungenes
Fest.

Nüchtern.

Alle Vorbereitungen, die ich schon
ein halbes Jahr vorher
vorgenommen hatte, haben sich
ausgezahlt.

Auch wenn viele, die vorher
zugesagt hatten, nicht gekommen
sind – egal.

Alle haben das Programm, das von
13.30 Uhr bis 23.50 Uhr ging,
durchgehalten und auch genossen.

Alte und neue Freunde.

Manche, die sich geändert haben,
manche, die sich nie ändern werden,
und manche die auf dem Weg sind.

Daheim um 0.30 Uhr feiere ich mit
Anita noch weiter, lese die
Geburtstagskarten und freue mich
auch noch im Schlaf.

Immer weiter.

Trage dieses Fest hoffentlich noch
lange im Herzen.

Aus meinem Tagebuch

Mo. 14.1.08

Sonntagabend gehe ich früh schlafen, weil ich sehr müde bin.

Das sind die Nachwirkungen vom Fest.

Immer noch.

Kann dann aber nur bis 4 Uhr schlafen.

Mein Lied »Denn ich bin stolz ein Clown zu sein« klingt immer noch in meinen Ohren im Klang der Big Band unter Thomas Zoller, der mir das Arrangement zum Geburtstag geschenkt hatte.

Da auch Anita wach ist, kuscheln wir eine Zeit lang.

Morgen ist dann noch ein kleines Fest mit der Verwaltung und dann hoffe ich, dass ich auch die Restnervosität, die immer noch in mir steckt, abgelegt habe, bzw. dann endlich ablege.

Was bleibt ist die Erinnerung.

An das Weihnachts- und Silvesterfest, die Fahrt in die alte Heimat mit all den alten Erinnerungen und mit neuen natürlich.

Die hoffentlich endgültige Verabschiedung von den Eltern am Grab, die wohlbehütet von hohen Bäumen geschützt sind, auf ewig.

Natürlich auch immer noch an das Fest zu meinem fünfzigsten Geburtstag.

Möge uns, meiner Frau und mir, der Herr noch viele schöne, gesunde und friedliche Tage schenken.

Das ist mein größter Wunsch und wäre mein größtes Glück.

In Liebe. Nüchtern.

Aus meinem Tagebuch

Sa. 19.1.08

Jetzt ist es also schon eine Woche her, dass ich gefeiert habe.

Am Dienstag hatte ich ja noch mit der Verwaltung eine kleine aber sehr feine Feier.

Dann ist er wieder eingekehrt.

Der schnöde, graue Alltag.

Und doch ist es scheinbar alles ganz anders.

Viele, die ich treffe, die dieses Alter auch schon erreicht haben, oder darüber sind, begrüßen mich mit »Willkommen im Club«.

Aber sonst?

Ich selbst muss lernen, dass ich jetzt fünfzig bin.

Wie fühlt man sich mit fünfzig?

Fühle ich mich schon so?

Manchmal wäre ich froh, mich so erwachsen wie fünfzig zu fühlen.

Manchmal wünsche ich mir, die Zeit noch einmal zurückzudrehen auf dreißig.

Aber dann so, wie es jetzt ist.

Mit meiner Frau an meiner Seite, dem Job, und nüchtern lebend.

Schon mit dreißig.

Ohne die bitteren Erfahrungen.

Aber die Zeit bleibt nicht stehen.

Die Zeit läuft immer weiter.

Immer gleich.

Tick – Tack.

Tick – Tack.

Vom Anfang bis zum Ende und für alle anderen weiter, bis zum Ende.

Tick – Tack.

Tick – Tack.

Sekunde, Minute, Stunde, Tag, Monat, Jahr.

Tick – Tack.

Tick – Tack

Tick – Tack

Tick

Tack

Gedanken zu der Zeit, wo ich bereits schon fünfzig geworden bin

Jetzt also bin ich wirklich fünfzig geworden.
Habe all die Jahre zwischen meinem dreiunddreißigsten und diesem Geburtstag nüchtern gelebt.
Mit fünfundvierzig die Frau fürs Leben kennengelernt, gelernt sie zu lieben und mit siebenundvierzig geheiratet.
Seitdem habe ich wieder eine Familie.
Den alten gehassten Namen Pfingsten habe ich auch abgelegt, und dafür den neuen, in dem immer noch genug Pfingsten drin ist, Hopfinger - ohne dass ich aber ständig darüber nachdenken muss – angenommen.

Lebe glücklich mit meiner Frau in unserer Wohnung mitten in München auf 60 Quadratmetern.

Gott sei Dank ist die Wohnung von der Stadt, bei der ich von Dez 2000 bis 31.7.2008 gearbeitet habe, jetzt ohne wenn und aber zum Staat, bei dem ich jetzt arbeite, übergegangen.

Das Richard-Strauss-Konservatorium hat mit der Hochschule für Musik und Theater München fusioniert, und so arbeite ich jetzt nicht mehr bei der Stadt, sondern wie gesagt beim Staat.

Als – na ja – sagen wir mal Konzertmanager.

Ich plane, organisiere und betreue Konzerte.

Betreuung allerdings nur bei »großen Konzerten«

Da bin ich dann auch Chef vom Dienst, Inspizient und alles, was so ein Konzert eben braucht.

Mein Glück, dass ich immer auch ein Stück weit Musiker geblieben bin und kein reiner Verwalter.

Das möchte ich auch nie sein.

Ich, der ich in dieser Hinsicht immer verrückt war, bin und bleibe, brauche die Menschen um mich herum, die mir immer wieder ihre Anerkennung aussprechen.

Alles Andere würde mich unsicher machen.

Das ist mir geblieben.

Eine gewisse Unsicherheit.

Ich überspiele sie mit scheinbarer Selbstsicherheit und klugen Sprüchen.

Immer noch.

Immer wieder.

Gleich schlimm geblieben.

Hoffentlich nicht.

Hoffentlich!

Hoffnung für den Weg, der jetzt in meiner neuen Position noch vor mir liegt.

Mit dir, mein Schatz.

Mit allen.

Von einigen, die mich bisher auf dem Weg begleitet haben, habe ich mich

Gott sei Dank innerlich
verabschiedet.
Alle waren sie noch da auf meiner
Feier zu meinem fünfzigsten.
Die, die sich nie ändern werden.
Müssen sie ja auch nicht.
Ich bin und bleibe ja der Kranke, der,
der nicht »normal« lebt.
Pech gehabt.
Bin normaler, als euch allen lieb ist.
Nüchtern normal.
Sehe die Welt, zwar immer noch nur
– und das ist ja auch gar nicht
anders möglich – mit meinen Augen,
aber die sind nicht mehr getrübt,
jedenfalls nicht mehr durch Alkohol.
Alles andere weiß ich nicht.
Schönes Leben.
Mit am Ende dem hoffentlich
richtigen immer noch nüchternen
Abgang.
Vorher aber schaue ich noch, und
immer wieder, in deine braunen
Augen, mein Schatz.

Braune Augen

Lass deine braunen Augen sehen,
mit ihren Feuerstrahlen,

will auch mein Herz vor Schmerz
vergehen,

es freut sich an den Qualen.

Gleicht auch mein Herz versengtem
Holz,

so pflanz mich in deinen Garten,

dein Anblick macht mich stark und
stolz,

lässt Blüten und Trost erwarten.

Und sollt ich Wurzeln schlagen

und du unter meinen Zweigen
stehen,

so will ich an allen Tagen

in deine braunen Augen sehen.

Kein Tag wie jeder andere

oder

Ein einschneidendes Erlebnis

Klinikum Oberbach / Urologie/CA:
Prof. Dr. Peter Caffee
Hopfinger, Thomas
*03.01.1958
Fallnr.: 90739330, OP-Nummer: 2007001547
Perlacher Str. 39
81539 München

Von Uro, Urwach
Vorläufiger OP-Bericht vom 08.06.2007

<u>OP Datum:</u>   08.06.2007
<u>OP Diagnose</u>   N 47
<u>OP Prozedur</u>
<u>OP Team:</u>
Operateur 1   Fluss, Christoph
Assistant 1   Urig, Ingrid

Diagnose:
Phimose
Lichen Sklerosus

Operation:
Radikale Cici in LA mit
Sedoanalgesie

Bericht:
Nach Desinfektion und steriler
Abdeckung Anklemmen des
Präputiums, scharfe Präparation des
äußeren vom inneren Vorhautblatt,
dorsale Spaltung und zirkuläre
Resektion des inneren Blattes total
und des äußeren Blattes subtotal.
Bipolare Blutstillung, Rekonstruktion
des Frenulums sowie Readaption
des inneren an das äußere
Vorhautblatt mit
4 x Vicryl rapid Einzelkopfnähten.
Bepanthensalbenverband.

Fluss, Christoph

Zu dieser Operation hatte mir mein Urologe geraten.

Seit einigen Wochen schon ließ sich die Vorhaut nur noch unter Schmerzen über die Eichel ziehen.

Ich hatte mir nichts weiter dabei gedacht und gehofft, dass das wieder vergehen würde.

Aber nur, wenn ich gar nichts mit meinem Penis unternahm, schien es erträglich.

Geschlechtsverkehr mit meiner Frau fand dann eben auch nicht statt.

Irgendwann ist es mir dann doch zu dumm geworden, und ich bin zum Urologen gegangen.

Sofort tauchen wieder die Angstzustände auf, die ich bekomme, wenn ich zum Arzt muss.

Ich fange unmäßig an zu schwitzen, und male mir in den schrecklichsten Bildern aus, was alles passieren könnte.

Schon die Vorstellung, dass mit
Sicherheit auch wieder Blut
abgenommen wird, treibt mir den
Schweiß auf die Stirn.
Kalter Schweiß.
Angstschweiß.
Mein Gott, was bin ich doch nur für
ein Angsthase.
Immer noch.
Immer wieder.
Dabei war ich selber
Zivildienstleistender und habe im
Krankenhaus gearbeitet.
Aber da ging es ja auch nicht um
mich.
Jetzt geht es um mich!
Es ist, als ob sich die bis dahin so
weite Welt auf einmal
zusammenzieht und nur noch bei mir
ist.
Die Zeit, die scheinbar immer
schneller und schneller läuft, scheint
stehen zu bleiben.
Eingekreist um mich selber,
versuche ich ruhig zu bleiben, als ich
die Praxis des Urologen betrete.

Dann muss ich Urin abgeben.

Auch Blut wird mir abgenommen.

Ich bitte darum, mich hinlegen zu dürfen.

Kein Problem.

Schon eher ein Problem eine vernünftige Vene zu finden.

Letztendlich wird die kleinste Nadel mit Butterfly genommen.

Die Untersuchung ergibt dann, dass meine Vorhaut verengt ist, und dadurch meine Eichel geschwollen ist.

In den nächsten acht Tagen muss ich dann die Vorhaut über die Eichel ziehen und die Eichel mit einer Salbe, die mir der Arzt verschrieben hat, einreiben, damit die Infektion auf der Eichel abschwillt.

Das Ergebnis ist nach diesen acht Tagen noch nicht viel besser, und ich soll das Ganze noch weitermachen.

Irgendwann in dieser Zeit geht die Vorhaut erst nach sehr langer Zeit und nur unter größten Schmerzen wieder zurück, und ich beschließe keine Einsalbungen mehr zu machen.

Bei der dritten Untersuchung berichte ich das auch dem Arzt, der dann sagt, dass man das Ganze doch operativ machen muss, und er mich dann, nach meiner Zustimmung, da das inzwischen wirklich unangenehm ist, im Krankenhaus anmeldet.

Zu der Zeit, wo die OP stattfinden soll, habe ich Urlaub.

Sitze also daheim, und lasse die Zeit vergehen.

Noch zehn Tage.

Alles noch im »grünen« Bereich.

Noch fünf Tage.

Morgen muss ich nochmal zum Urologen.

Da muss nochmal Blut abgenommen werden.

Angst!

Angst!!

Große Angst!!!

Die Assistentin des Arztes findet
keine Vene und sticht einmal
daneben.
Muss jemanden dazu bitten.
Wieder Butterfly und kleinste Nadel.
Funktioniert dann Gott sei Dank.
Habe das Einmaltuch, das auf der
Pritsche liegt, durchgeschwitzt.
Am Abend vor der OP fühlen sich
meine Frau und ich so schlecht, dass
wir beide eine Aspirin Complex
nehmen.
Am nächsten Morgen, an dem meine
Frau erst arbeitet und nachher
nachkommen will, küsst sie mich, so
wie immer, wenn sie geht, noch
einmal.
Aber für mich erscheint es wie ihr
letzter Kuss.

Dein letzter Kuss

Refrain:
Dein letzter Kuss, er schmeckte so
wie Abschied.
Dein letzter Kuss, er sagte mir Adieu.

Dein letzter Kuss klang wie ein letztes Trauerlied.
Dein letzter Kuss, er tat mir so weh.

1) Bist mitten in der Nacht gegangen.
Als ob das ganz normal bei dir wär.
Hab doch an deinen Lippen gehangen.
Dieser letzte Kuss ist schon so lange her.

Refrain

2) Wir hatten uns die Welt versprochen.
Das ist noch gar nicht lange her.
Ist dieses Bündnis jetzt gebrochen.
Höre deinen Atem gar nicht mehr.

Refrain

3) Und dabei war es nur deine Liebe.
   Die du mir wieder gezeigt.
   Dass ich für immer bei dir bliebe.
   Unser Wunsch unser Verlangen unsere Liebe.

Der OP-Tag naht.
06.06.2007
Richtig gelesen.
OP erst am 08.06.07.
Warum?
Abwarten.
Um 12.30 Uhr soll ich dort sein.
Irgendwie gelingt es mir, bis 9 Uhr zu schlafen.
Dann frühstücke ich erst noch mal gemütlich und mache mich um 11.45 Uhr mit der Überweisung des Urologen auf den Weg.
Im Wartezimmer lese ich dann ein Schild, das an der Tür angebracht ist:

Wichtige Information für unsere Patienten, die ambulant zur OP kommen:
Bitte nüchtern (6 Stunden vorher nichts mehr essen) kommen.
Bitte zwei Stunden vorher nichts mehr trinken, und dann nur klare Flüssigkeiten, am besten Wasser
Und ich habe noch in aller Gemütsseelenruhe gefrühstückt und getrunken.

Na ja, vielleicht muss ich sowieso so lange warten, dass das dann okay ist.

So sitze ich und warte.

Eine Menge an Papieren, die ich lesen und unterschreiben muss, bekomme ich noch von der Sekretärin, die die Aufnahme gemacht hat.

Sie ist gleich erst mal richtig aufgebracht gewesen, dass ich eine Überweisung und keine Einweisung dabei habe, aber dafür kann ich ja nichts.

Inzwischen ist es 13.30 Uhr geworden, und meine Frau, die bis dahin hatte arbeiten müssen, kommt, weil ja nach der OP jemand gebraucht wird, der mich abholt.

So jedenfalls hatte es die Assistentin des Urologen mir gesagt und auch auf das Couvert der Überweisung geschrieben.

Beim Ausfüllen der Papiere hat meine Frau dann entdeckt, dass ich vergessen hatte, das Aspirin Complex, das wir am Freitagabend der letzten Woche genommen hatten, anzugeben.

Gesagt, getan.

Endlich kommt dann auch der Arzt, der mich erst noch einmal untersuchen soll.

Auch er kommt zu dem Schluss, dass man eine totale Beschneidung machen sollte.

Ich erkläre mich damit einverstanden und warte nur noch darauf, dass es endlich

losgeht, damit ich das Ganze hinter
mir habe.

Der Arzt ist inzwischen in den
Papieren versunken und fragt mich
am Ende der Lektüre
»Wann haben Sie das Aspirin
eingenommen«
Meine Frau, die zur Untersuchung
mitgekommen ist, antwortet
»Letzte Woche Freitag«
Jetzt ist immerhin schon Mittwoch.
Reicht aber nicht.
Reicht aber leider nicht.
»Wissen Sie« sagt der Arzt »wenn
Sie Aspirin genommen haben,
braucht das eine Woche um sich
abzubauen. Die Blutplättchen …«
Den Rest bekomme ich nicht mehr
mit.

Jetzt habe ich also umsonst darauf
hingeängstelt.
Tag für Tag.
Jetzt findet das Ganze gar nicht statt.
Wann?
Hoffentlich noch in meiner
Urlaubszeit.

»… mir wäre es lieber, wenn wir noch zwei Tage warten würden. Dann wären wir auf der sicheren Seite. Ansonsten könnte es passieren, dass es bei der OP nicht aufhört zu bluten, oder, dass das Ergebnis nicht so ist, wie wir und natürlich auch Sie das gerne hätten. Aber wir können schon ein bisschen vorbereiten, dann müssen wir das nicht erst übermorgen machen, und Sie können ganz früh nüchtern…«

Natürlich hatte ich ihm nicht erzählt, dass ich noch gegessen und getrunken hatte.

»… kommen, und dann kommen Sie auch als erster dran«

Was soll ich machen?

Ich kann nur zustimmen.

Alles andere wäre nicht klug.

Also erneut Blut abnehmen.

Wieder im Liegen.

Wieder die Angst.

Komisch, bei diesem Arzt merke ich gar nicht, wie er mir drei Ampullen Blut abnimmt.

Es geht also auch anders.

Blut mit »Liebe« abgenommen.

Die nächste Aktion ist dann ein EKG.

Dazu müssen wir aber auf eine andere Etage und wieder warten.

Während bis hierhin alle, die man getroffen oder gesprochen hatte, nett und lustig und irgendwie super menschlich waren, kam zum EKG eine ältere Schwester.

Mein Gott, jetzt kommt der Krankenhausdrache.

So jedenfalls sah die Schwester aus. Leicht gebückt und schon mit einem grimmigen Gesicht, so, als ob man sie bei ihrer Morgenlektüre der Tageszeitung gestört habe, kam sie auf uns, die wir uns hingesetzt hatten, zu.

Obwohl auch ich weiterhin bemüht war, so freundlich, wie möglich zu bleiben, verlief diese Untersuchung doch eher schweigend.

Dann gefiel ihr das EKG nicht, und so musste noch ein zweites her, bis sie zufrieden schien.

Als ich das dann in die Hand bekomme, bin ich mehr als unzufrieden.

Dinge wie – Herzinfarkt – nicht einzuordnender Patient und ähnliche Dinge stehen darauf.

Egal, erst mal zu den anderen Dingen, die noch zu tun sind, denn da ist noch der Gesprächstermin mit der Anästhesie.

Die ist natürlich wieder ganz woanders und auch hier heißt es warten.

Mir kommt diese ganze Wartezeit sehr kurz vor, denn schon bald sitzen wir im Zimmer zum Gespräch. Gleichzeitig wird noch eine Umfrage durchgeführt, und am Ende entscheide ich mich für eine Vollnarkose, damit ich von dem Ganzen nichts mitbekomme.

»Und das, was auf dem EKG steht« frage ich.

»Ach das« sagt die Ärztin »das kennen wir schon. Da müssen sie sich nur einmal bewegt haben, während das EKG lief, und schon schreibt der Automat so komische Dinge. Wir schauen uns daher immer nur das EKG selber an. Und da kann ich Ihnen sagen, dass das ein völlig normales EKG ist«

Beruhigung tritt ein.

Die ausgewählte Narkoseform wird dann noch auf den Papieren vermerkt, und dann geht es noch mal zur Urologie, wo ich alles abgebe.

Inzwischen ist es 16 Uhr geworden und wir können heimfahren.

Wieder angstvoll warten auf die OP.

Der Tag vor der OP ist ein Feiertag.

So gut es eben geht, verbringen wir gemeinsam diesen Tag.

Gehen spazieren, gut essen und ins Kino.

Das Wetter ist wunderschön.

Ich aber realisiere das alles nicht, denke, es ist ein Film.

Morgen.

Ja, morgen wird operiert.

Muss noch darauf achten, dass ich nur bis Mitternacht essen darf und spätestens um 6 Uhr in der Früh das Letzte trinke, damit ich nüchtern bin.

Versuche zu schlafen.

Unruhiger, und immer unruhiger werdend, dämmere ich vor mich hin.

Am nächsten Morgen stehe ich dann so früh auf, dass ich, auch um ruhiger zu werden, fünfundvierzig Minuten zu Fuß in die Klinik gehe.

Während ich die Krankenhausflure entlang gehe, komme ich auch an der Krankenhauskapelle vorbei.

Es ist allerdings die evangelische.

Aber das ist doch egal.

Hauptsache ich kann noch ein Gebet sprechen.

Ich – ein Gebet sprechen?!

Was für ein Hohn !

Vor Jahren bin ich aus der Kirche ausgetreten, und jetzt will ich beten.

Mein Gott.

Mein Gott!

Ich bete und bitte, dass alles gut geht.

Könnte ja auch schief gehen, und ich trete mit neunundvierzig ab.

Jetzt, wo ich zwanzig Jahre nüchtern
lebe, sterben.
Das wäre ja…
Das würde genau passen.
Genau in mein bisheriges Leben.
Aber es muss gut gehen.
Auf mich wartet eine liebevolle Frau.
Auf mich wartet hoffentlich noch ein
langes, spannendes Leben.

Bei der Urologie angekommen, setze
ich mich erst mal wieder ins
Wartezimmer, versuche noch mit der
Dame von der Aufnahme eine
Konversation.
Nur, um mich abzulenken.
Nach kurzer Wartezeit muss ich mich
umziehen und bekomme eine Art
OP- Kittel und Einmalschuhe.
So ausgestattet, darf ich mich dann
in ein bereitgestelltes Bett legen.
Warten.
Eine der Schwestern, die hier Dienst
hat, spricht mich, nachdem sie
Temperatur, Puls und Blutdruck
gemessen hat, an.

»Das wundert mich ja schon, dass sie schon da sind. Auf meinem OP Plan stehen sie nämlich erst um 12 Uhr«

Bitte nicht, das kann doch nicht wahr sein.

Der Arzt hatte mir doch versprochen, dass ich als erster drankomme.

Mein Blutdruck ist über aller Kanone, mein Puls ebenfalls.

So also liege ich gedankenverloren in meinem Bett und versuche ruhig zu bleiben.

Die mir angebotene Zeitung lehne ich im Augenblick noch ab.

Betrachte das Zimmer.

Obwohl im Augenblick nur drei Herren da sind, sieht es so aus, als ob für fünf Personen Platz ist.

Immerhin wird zwischen die einzelnen Patienten eine mobile Stellwand gestellt.

Trotzdem sehe ich, dass es schon ältere Patienten sind, die mit mir warten.

Einer hat sogar einen Katheder.

Das kenne ich schon aus meiner Zivildienstzeit.

Wenn ältere Patienten nicht mehr gut Wasser lassen konnten, wurde ihnen ein Katheder gesetzt.

Außerdem konnte man dann auch kontrollieren, ob sie genug getrunken hatten, oder ob der Urin blutig war und ähnliches.

Direkt zum Zimmer gehörend, aber durch eine Fensterscheibe und eine Tür und eine Wand abgeteilt, liegt ein kleines Schwesternzimmer.

Zurzeit ist nur diese eine Schwester da und immer wieder schellt das Telefon.

Sie muss dann immer in das Zimmer gehen um den Anruf entgegenzunehmen.

»Warum haben sie nicht ein mobiles Telefon« frage ich sie »wir in der Arbeit haben so etwas. Dann kann man das stationäre Telefon so einstellen, dass es, wenn es schellt, auch auf dem mobilen Telefon schellt «füge ich noch hinzu.

»Ja, wenn ich es mitnehmen würde «antwortet sie »dann müsste ich nicht immer hin und her laufen, aber ich vergesse es manchmal«
Versuche zu lächeln.
Beide.
Man menschelt so vor sich hin.
Dann kommt die Ärztin und erklärt mir, dass sie ein Problem habe.
Zur Zeit sei nur ein Anästhesist da, und es würden erst die dringenden Fälle erledigt, und wenn ich nicht bis Ultimo warten möchte, würde sie mir empfehlen, dass ich die OP nur mit lokaler Betäubung und einem zusätzlichen Mittel, dass mich ruhiger macht, machen lassen sollte.
Was also tun?
Natürlich willige ich ein.
Ich will es endlich hinter mich bringen.
Zum Schluss des Gesprächs bringt sie mir noch eine Zeitung und sagt, »Ein bisschen dauert es aber noch«
Dann verlässt sie das Zimmer.
Ich lese.

Lese.
Lese die ganze Zeitung.

Zwischendurch kommt, in OP-
Kleidung gehüllt, der Arzt, der mich
auch untersucht hat, am Zimmer
vorbei.
Mein Gott, sieht der schrecklich aus:
Im grünen Operationskittel, mit
weißen Gummistiefeln.
Das sieht aus, als ob er in der
Schlachterei arbeitet.
Meine Gedanken reden mit mir.
»geht es also gleich zur
Schlachtbank«
Dabei will er nur wissen, ob ich
meine Spritze schon bekommen
habe.
Als ich das verneine, wird er fast
wütend.
Inzwischen sind auch bestimmt
schon zwei Stunden vergangen, in
denen nichts passiert ist.
Dann kommt wieder die Ärztin, die
schon vorher mit mir gesprochen hat.

Zunächst setzt sie mir eine kleine Kanüle in die rechte Hand, wo dann die Infusion, die ich bekommen soll, hineinläuft, und wo bei der zweiten Einlaufmöglichkeit noch zusätzlich gespritzt werden kann.

Soweit so gut und auch noch erträglich.

Dann kündigt sie schon im Vorfeld an, dass sie mir jetzt dann die Spritze für die örtliche Betäubung geben wird.

Noch heute, wo ich diese Zeilen schreibe, läuft es mir heiß und kalt und irgendwie ganz anders den Rücken runter.

Sie macht die notwendigen Vorbereitungen und kommt dann wieder zu mir.

»So, das wird jetzt sehr unangenehm«

Super, darauf habe ich ja nur gewartet.

»Aber es muss sein, das ist die Spritze, damit sie nachher nichts mehr merken«

Mit diesen Worten setzt sie die Spritze in die Nähe meines Penis. Nicht nur, dass die Stelle, wo sie spritzt sehr unangenehm ist, nein, es brennt auch höllisch.

»Jetzt wird es gleich brennen, aber dann haben wir es auch geschafft« Wie ich diese Verallgemeinerungen liebe – »haben wir es geschafft« Sie muss die Schmerzen ja nicht ertragen.

»So, jetzt müssen wir noch 20 Minuten warten, bis die Spritze wirkt, und dann geht es los« Gott sei Dank.

Inzwischen habe ich erfahren, dass es schon kurz vor 11 Uhr ist. Also wieder warten, auf das, was noch kommt.

Bete zu Gott, dass ich dann wirklich nichts mehr spüre. Irgendwann, ich glaube, dass schon 20 Minuten vergangen sind, werde ich dann zum OP-Saal geschoben.

«Um 12 Uhr haben Sie es dann geschafft« versucht die Schwester, die mich geschoben hat, noch zu trösten.

Dann werde ich in den OP-Saal geschoben.

Ob ich es denn noch schaffe, auf den OP Tisch zu kommen.

Natürlich schaffe ich das, denn ich bin ja hellwach.

Also rüber.

Zum ersten Mal sehe ich auch eine Uhr.

Es ist 11.15 Uhr.

Jetzt ist alles vorbereitet.

Alles wird abgedeckt.

Die Beine werden fixiert.

Nach Anbringung einer Armlehne wird auch der rechte Arm, an dem inzwischen durch den gesetzten Butterfly auch eine Kochsalzlösung läuft, fixiert.

»Sonst fällt der womöglich noch während der OP runter, oder will sonstwie noch eingreifen« sagt der behandelnde Arzt.

Dann wird noch ein zusätzlicher Infusionsständer an die linke Seite gestellt und vor meinem Gesicht wird eine Plane gespannt, damit ich ja nicht sehe, was die mit mir machen. Angekuppelt an EKG, Blutdruck und Pulsmesser, bekomme ich dann noch einen Schlauch in das rechte Nasenloch.

»So – jetzt gibt es noch reinen Sauerstoff«

»Ich habe schon eine Ampulle mit Dormicum vorbereitet« sagt die Assistentin.

Das ist die, die mir auch die Spritze gegeben hat.

Eine Frau, und dazu noch eine Fremde, operiert mein »bestes Stück«

Muss wohl so sein, und ich kann mich auch nicht mehr dagegen wehren.

»Bevor wir anfangen, teste ich jetzt noch mal, ob sie etwas spüren« sagt sie.

Dann sticht sie mit einer Nadel, wie ich später von meiner Schwägerin erfahre, die Krankenschwester ist, und sich natürlich auskennt, mich.

»Aua« ja – das spüre ich noch.

Und auch das noch.

Und da auch noch.

»Tja, dann spritze ich besser noch einmal etwas nach. Die Berührung dürfen Sie merken, aber keinen Schmerz«

Ein anderer mir bisher unbekannter Arzt, der mir den Sauerstoff gegeben hat, kommt jetzt mit einer Spritze.

»So – das könnte jetzt ein bisschen in der Hand brennen«

Gott sei Dank spüre ich nichts.

»Mit wie viel hast du denn angefangen«

»Ich hab mal mit 10 Milliliter angefangen«

Während der gesamten OP, die er als Operateur ausführen wird, kommt er dann noch zwei Mal und gibt mir immer wieder das Mittel nach.

Dann beginnt die OP.

Ich spüre wirklich nichts.

Bin hellwach.

Lausche den Gesprächen über Essen und Kochen, und gebe fast am Ende der OP noch zwei Witze zum Besten.

Beinahe rutscht die Befestigung des Sichtschutzes noch auf der rechten Seite runter.

»Der Vorhang fällt« äußert sich die Ärztin fast singend.

Inzwischen ist auch der Arzt, der mich vorgestern untersucht hat, gekommen, um zu sehen, wie die OP läuft.

»Sei doch so nett« sagt der operierende Arzt »und mach das noch mal fest. Wir sind noch nicht ganz fertig«

Dieser so Angesprochene fixiert dann noch einmal den Sichtschutz.

Also noch eine Weile auf diesen oder die Decke schauen und das Ticken des eigenen Pulses hören, oder darauf warten, dass sich das Blutdruckmessgerät wieder automatisch einschaltet, um den Blutdruck zu messen.

»Gib mir doch bitte noch einen Faden, dann glaube ich, ist es gut« Jetzt scheint es dem Ende zuzugehen.

Dann endlich die erlösenden Worte.

»So – wir sind fertig«

Der Sichtschutz wird entfernt, Arme und Beine wieder losgemacht.

Inzwischen ist es 12.20 Uhr geworden.

Also hat die OP doch eine gute Stunde gedauert.

Ob ich es noch einmal schaffe, in das inzwischen bereitgestellte Bett zu kommen.

Immer noch kein Problem.

Ich bin immer noch hellwach.

Also wälze ich mich wieder rüber und werde dann wieder in das alte Zimmer, in dem ich schon vorher gelegen habe, geschoben.

Die super nette, menschliche Schwester, die mich auch schon

vorher betreut hatte, ist immer noch
da.

»Das ist aber schön, dass ich Sie
noch so gesund und munter sehe«
sagt sie »das scheint ja alles gut
verlaufen zu sein«

Inzwischen sind auch die
Schwestern gekommen, die
nachmittags Dienst haben.

Per Zufall kommt wohl auch die
Ärztin, die als Assistenz bei der OP
dabei war, ins Zimmer.

»Ach« sagt die nette Schwester mit
einem leichten Grinsen »und dabei
haben mich die Herren alle hier
heute so geärgert«

Jetzt muss ich mich aber doch
einmischen.

»Aber liebe Schwester Ulrike. Wo wir
doch alle so nett zu Ihnen waren, da
Sie ja auch immer so nett zu uns
waren«

»Das sagen Sie denen mal«
antwortet sie daraufhin und deutet
auf die neu hinzugekommenen

Schwestern »die glauben das
nämlich nicht«
Gesagt, getan.
Sie macht dann noch die Übergabe
und geht dann, nachdem sie mir
noch mit einem Lächeln über den
Arm gestreichelt hat, in ihre wohl
verdiente Freizeit.
Ab jetzt kümmert sich eine andere
Schwester um mich.
»Kann ich etwas zu trinken haben«
frage ich sie.
»Wann ist denn das letzte Mal etwas
gespritzt worden« fragt sie mich, und
schaut dabei gleichzeitig auf die vor
dem Bett auf einer Ablage liegenden
Papiere.
»Oh, das tut mir leid, aber da
müssen wir noch ein bisschen
warten«
Schon wieder dieses
verallgemeinernde wir.
Sie muss doch nicht warten.
Sie könnte, wenn sie wollte, etwas
trinken.
Aber ich muss warten.

»Aber ich hänge Ihnen noch mal einen halben Liter Kochsalz hin, und dann schauen wir mal«
Muss mich immer wieder an dieses wir gewöhnen.
Inzwischen hat sie mich auch hier noch an ein Blutdruck- und Pulsmessgerät angehängt.
Also wieder warten.
Aber Gott sei Dank ist die OP ja vorbei.
So liege ich im Bett und schaue mir die Decke mit ihren Lüftungsschlitzen an und zähle, wie viele Schlitze eine Öffnung hat.
Sehe die an einem Kabel von der Decke hängende Steckdose, höre die Gespräche zwischen der Schwester und einem anderen Patienten.
»Sie müssen viel trinken Herr Hans, Sie trinken viel zu wenig« mit diesen Worten reicht sie dem Patienten eine Flasche Wasser und ein Glas.
Nach einiger Zeit ist sie wieder bei diesem Patienten.

»Sehen Sie« sagt sie und deutet auf den oberen Teil vom Schlauch» so sieht es aus, wenn Sie viel trinken« Die Flüssigkeit, die im Schlauch zu sehen ist, ist vorne noch blutrot und weiter oben schon sehr viel klarer. »Und so« jetzt deutet sie auf den vorderen Teil« wenn sie zu wenig trinken. Sie müssen mehr trinken« Mein automatisches Blutdruckmessgerät hat sich gerade mal wieder aufgepumpt und die Infusion, die sehr schnell läuft, hört für die Zeit des Messens auf zu laufen.

Die Schwester ist inzwischen wieder einmal zu mir gekommen.

»Der Blutdruck ist aber nicht so gut, aber das wissen Sie bestimmt«

»Na ja« antworte ich »in Stresssituationen geht der halt in die Höhe«

»Nehmen sie Medikamente«

»Nein«

Sie geht wieder zu dem Patienten mit dem Namen Hans hinüber und schiebt das Bett schon ein wenig in Richtung Ausgang.

»So, Herr Hans, Sie werden dann ja gleich abgeholt. Und versprechen Sie mir, dass sie mehr trinken. Sie müssen mehr trinken. Und auf der Station wird man ab jetzt auch mehr darauf achten. Ich habe nämlich gepetzt«

Wieder reicht sie Herrn Hans das Glas.

Eine Schwester von der Station, wo Herr Hans liegt, kommt.

»So, Herr Hans, dann fahre ich Sie mal zurück zur Station« und zur anderen Schwester »Gibt es noch etwas«

»Ja, Herr Hans trinkt zu wenig, und er darf erst nach oben, wenn er das Glas leer hat«

Herr Hans, der trotzt seines Alters ein Filou zu sein scheint, gibt der Schwester, die ihn abholen will, das Glas in die Hand.

»Also, ganz leer ist das Glas aber noch nicht« sagt diese.

Mit einem Lächeln auf seinem Gesicht nimmt Herr Hans dann noch einmal das Glas und trinkt es leer.

Jetzt endlich kann er wieder auf Station gefahren werden.

Inzwischen habe ich auch eine Flasche Wasser und ein Glas bekommen.

»Aber langsam und vorsichtig trinken« sagt die Schwester noch dazu.

Mache ich.

Mache ich gerne.

Hauptsache endlich wieder was zu trinken.

Jetzt habe ich seit mindestens 13 Stunden nichts getrunken.

Langsam, ganz langsam führe ich das Glas zum Mund.

Eine ganz alte Erinnerung kommt in mir auf.

Das hatte ich doch schon einmal.

(*siehe »Ausgebrochen aus der Einsamkeit« Seite 75).

Aber ich lebe ja nüchtern, und deshalb kann ich ganz ruhig dieses Glas nehmen, und trinken.

Dann kommt meine Frau.

Hellwach und mit einem Lächeln und einem Kuss begrüße ich sie und berichte ihr, wie alles verlaufen ist, soweit ich das überhaupt kann.

Sie erzählt von ihrem Arbeitstag, aber das bekomme ich nur nebenbei mit.

Kreise immer noch sehr um mich und die hinter mich gebrachte OP.

Die Kochsalzlösung ist inzwischen durchgelaufen und wird abgenommen.

Die Nadel in der Hand bleibt noch zur Sicherheit da.

Irgendwann kommt dann auch einmal die Ärztin vorbei.

Mit der Schwester stehen sie vor meinem Bett.

»So, das sieht ja alles sehr gut aus. Jetzt müssen Sie nur noch einmal Wasser lassen gehen, dann

bekommen Sie etwas zu essen, und
dann können Sie gehen«

»Also Wasser lassen ist überhaupt
kein Problem, da gehe ich dann jetzt
sofort hin. Muss ich den Urin
mitbringen«

»Nein, nur Wasser lassen, das ist
dann schon in Ordnung«

Also stehe ich auf und gehe zur
Toilette.

Zum ersten Mal sehe ich, wie mein
Penis jetzt aussieht.

Im Augenblick ist das Ganze noch
sehr gerötet und blutet wohl noch
teilweise nach, wie ich an der
Kompresse sehe.

Trotz alledem klappt das Wasser
lassen sehr gut, und ich gehe ganz
beruhigt wieder zu meinem Bett
zurück.

Das mir versprochene Essen steht
auch schon da, und ich beginne zu
essen.

»So« sagt die Schwester, nachdem
sie gesehen hat, dass mein
Blutdruck sich auch wieder auf

Normalniveau begeben hatte» jetzt noch zwei Mal Blutdruckmessen, dann können wir das auch abnehmen«

Den Pulsmesser hatte sie inzwischen schon abgenommen. Auch die Kanüle in der Hand hatte sie herausgezogen und die Einstichstelle mit einem Pflaster überklebt.

Das Essen ist wirklich nicht schlecht, obwohl ich nicht so viel Hunger habe und ein Viertel des Essens an meine Frau, die es dann aufisst, gebe.

Bevor ich mich umziehen darf, warten wir noch die Blutdruckmessaktionen ab.

»Weißt du« sagt meine Frau »hier muss man viel Zeit mitbringen«

»Alle sind sehr nett, aber Zeit muss man haben«

Endlich nimmt die Schwester auch das Blutdruckmessgerät ab und ich ziehe mich um.

Erleichtert, dass jetzt alles vorbei ist, gehen wir aus dem Krankenhaus.

Ich berichte noch die Dinge, die ich meiner Frau noch nicht erzählt hatte.

»Dafür, dass die mir angeblich 50 Milliliter Dormin gespritzt haben, bin ich wahnsinnig fit. Da werde ich das nächste Mal, wenn ich mit Maria rede mal nachfragen«

»Übrigens muss ich morgen früh noch mal zum Nachschauen kommen«

Dr. Fluss hatte mir am Ende der OP noch gesagt, dass ich um 10 Uhr des kommenden Tages noch einmal kommen muss.

»Da könntest du, wenn du willst, wieder mitfahren, und nachher fahren wir zur Bavaria Film Tour, da war ich mindestens fünfzehn Jahre nicht mehr« sage ich zu meiner Frau.

»Das ist eine gute Idee«

Wir sind inzwischen aus dem Krankenhausgebäude raus und zur Trambahn- und Bushaltestelle gegangen und fahren mit dem nächsten Bus heim.

Hier ziehe ich eine Spezialhose an, die meine Frau extra noch aus der Apotheke besorgt hat.

Für eine Woche kenne ich mich dann mit Einmalhöschen, Binden und Kompressen sehr gut aus, denn ich muss für diese Zeit die Wunde noch mit einer Heilsalbe, die ich auf eine Kompresse tue, behandeln, und unter die Kompresse lege ich noch eine Binde, und damit ich nicht meine Unterhosen verdrecke, ziehe ich die Einmalhöschen an.

Später an diesem Nachmittag kocht meine Frau noch Bratkartoffeln und dazu gibt es Sülze, und natürlich ist dieses Essen dann doch um Klassen besser, als das im Krankenhaus.

Last but not least bleibt noch meine Neugier über das gespritzte Mittel. Während des Abendessens beim Franzosen, bei dem Maria später dazu kommt, frage ich sie dann.

»Eigentlich hättest du nach der Menge, die die dir gespritzt haben, tief und fest schlafen müssen«

Soviel dazu.

Ich werde wohl nie erfahren, ob die nur so getan haben, oder ob die mir wirklich was gespritzt haben.

Na ja, soll mir ja eigentlich egal sein. Hätte ich vorher gewusst, dass ich am Ende doch gar nichts spüre, hätte ich mich gar nicht so aufregen müssen.

Hoffe, dass jetzt auch meine Angst vor Ärzten vergeht.

Halte die ganze Aktion als menschlich und liebenswert in meiner Erinnerung fest.

Wir machen dann am nächsten Tag nach der Nachuntersuchung noch die geplante Tour.

Eine Woche später habe ich dann noch einen Termin bei meinem Urologen.

Nachdem er alles angeschaut und für gut befunden hat, sagt er noch, dass ich ab jetzt mit dem Eincremen aufhören kann, wie ich mich in den folgenden vier Wochen verhalten

soll, und dass wir uns dann fürs
Erste wohl zum letzten Mal sehen.
Kapitel erste Operation beendet.
Ob meine komischen Gedanken und
Gefühle wohl an meinem
Sternzeichen Steinbock liegen?

Mein Sternzeichen

Steinbock

Ich gehe ruhelos durch die Zeit
Und schaffe, was ich kann.
Ich baue Häuser groß und weit,
ich führe durch, was ich ersann.
Ich reich' dir gerne meine Hand,
wenn du mich brauchst, mich willst.
Bin oft nicht einfach zu versteh'n,
geheime Wünsche ungestillt.

Ich bin ein STEINBOCK,
stolz und stark,
und ziehe meine Bahn.
Am Horizont steht mancher Berg,
den, wenn ich will,
erklimmen kann!

Mein Stern heißt Hoffnung,

jederzeit.

Mein Leben Schaffenskraft und Mut.

Ich seh' die Welt in großem Licht,

in Leidenschaft, die in mir ruht.

Ich bin ein STEINBOCK,

nicht immer stolz und nicht immer
stark

und ziehe trotzdem meine Bahn.

Am Horizont stehen noch immer
bestimmt manche Berge.

Aber auch die werde ich bezwingen.

Mit dir, mein Schatz!

Aus meinem Tagebuch

Freitag 21.3.08

Fast einen Monat habe ich jetzt nichts in mein Tagebuch geschrieben.
Wenn ich das große Buch sehe, macht es mir manchmal Angst, dass ich es nicht schaffe, mal wieder nicht, wie so oft schon in meinem Leben, dass in der Zeit, in der ich es schaffen möchte, das Buch voll zu schreiben, nämlich bis zu meinem sechzigsten Geburtstag.
Aber ich habe doch gelernt.
Ich muss es gar nicht schaffen.
Es ist keine Pflicht, dass ich schreibe.
Nur, wenn ich möchte, schreibe ich.
Und, wenn ich es nicht schaffe, macht das auch nichts.
Wie auch schon im letzten Jahr kommen heute ein paar Gäste zum Fischessen.

Den Fisch wird wieder eine Schwägerin mitbringen, und wieder wird es der besondere japanische Fisch sein, den ich nicht mag, und daher bekomme ich von meiner Frau Fischstäbchen.

Ostersonntag fährt mein Schatz nach Niederbayern.

Für eine Nacht.

Auch das macht mir immer noch Angst.

Allein zu sein.

Auch, wenn es nur für eine Nacht ist.

Ich weiß schon, dass das, was passieren soll, auch passieren wird.

Ich werde es nicht verhindern können.

Ich werde einfach am Sonntag schön in die Sauna gehen.

Aus meinem Tagebuch

Samstag 22.3.08

Also naht Ostern.
Weihnachten und Silvester sind in
meinem Kopf doch gerade erst
vergangen.
Mein Fest zu meinem fünfzigsten
Geburtstag schwingt Gott sei Dank
ganz manchmal noch in mir nach.
Jetzt also Ostern.
Aus der Schokolade der
Weihnachtsmänner sind Osterhasen
gemacht worden.
Servietten mit Ostermotiven.
Alle freuen sich auf mindestens zwei
freie Tage.
Oder sind schon im Osterurlaub.
Bei dem schlechten Wetter, was hier
zurzeit herrscht, wäre ich auch gerne
weg.
Irgendwo an einem schönen Strand,
wo es auch schön warm ist.
Okay, wird nicht funktionieren.

Wenn ich ganz ehrlich bin, habe ich mich finanziell mit meinem Fest übernommen.
Wieder einmal ist Anita für mich eingesprungen.
Wie immer.
Mein Gott, wenn ich ihr doch immer zeigen könnte, wie sehr ich sie liebe!
Für Alles.

Von der Zeit

Aus der Zeit wollte ich einen Strom machen, an dessen Ufern ich mich niederlasse, um ihn im Vorbeifließen zu überwachen.

Doch das Zeitlose in mir weiß um die Zeitlosigkeit des Lebens.

Und ich weiß, dass Gestern nur die Erinnerung an Heute ist, und Morgen nur der Traum von Heute.

Und das, was in mir singt und sinnt, immer noch verweilt in den Grenzen jenes ersten Augenblicks, der die Monde und alle Sterne und alles Leben in den Raum gestreut hat.

Und doch kann ich es nicht vermeiden, die Zeit in meinem Denken nach Zeitbegriffen zu messen.

»Lass doch eine jegliche Zeiteinheit alle übrigen umfassen« ruft meine Seele.

Und das Heute halte die Vergangenheit umschlungen mit der Erinnerung, und die Zukunft mit der Sehnsucht.

Mit Millionen Worten.

Millionen Worte will ich sagen

Millionen Worte will ich sagen.

Millionen Meere.

Millionen Fehler trage ich in meinen
Kleidern.

Doch »nun, wo du fortgehst, sei es
das letzte Mal«

Das Echo am Sandstrand ist
verstummt.

Das Wetter wird und wird nicht
besser.

Ein kleines Frühstück habe ich auf
den Tisch gestellt,

neben Dich.

Millionen Fehler.

Du

Jedes Mal, wenn du freundlich und gut zu mir bist und mir Mut machst.
Jedes Mal, wenn du zu verstehen versuchst, weil du dich wirklich um mich sorgst,
bekommt mein Herz Flügel, sehr kleine Flügel, sehr brüchige Schwingen, aber Flügel!
Dein Gespür und die Kraft deines Verstehens geben mir Leben.
Ich möchte, dass du das weißt, wie wichtig du für mich bist, wie sehr du aus mir den Menschen machen kannst, der ich wirklich bin, wenn du willst.
Bitte, ich wünsche, du wolltest es.
Du allein kannst die Wand niederreißen, hinter der ich zittere.
Du allein kannst mir die Maske abnehmen.
Du allein kannst mich aus meiner Schattenwelt aus Angst und

Unsicherheit befreien, aus meiner
Einsamkeit.
Übersieh mich nicht.
Bitte übergeh mich nicht.
Es wird nicht leicht für dich sein.
Die lang andauernde Überzeugung,
wertlos zu sein, schafft dicke
Mauern.
Je näher du mir kommst, desto
blinder schlage ich zurück.
Ich wehre mich gegen das, wonach
ich schreie.
Aber man hat mir gesagt, dass Liebe
stärker sei, als jeder Schutzwall, und
darauf hoffe ich.
Wer ich bin, willst du wissen?
Ich bin jemand, den du sehr gut
kennst, und der dir oft begegnet.

Unbestimmbar

Ständig sprecht ihr

Von Raum und Zeit

Farbe und Zeit

Was ich einzig und gewiss nicht weiß,

und auch nie erfahren werde:

ob die See im Winter

den kleinen Felsen mitten im Meer,

wo ich im Sommer immer anhielt

und mit den Krebsen sprach

und dann wieder ins Wasser sprang,

völlig bedeckt, oder ob sie ihm

den winterlichen Wasserstand einkerbt.

Auch mir schürfen die Jahreszeiten

ähnliche Rillen der Erinnerung

Ein leiser Schrei, lauter Gedanken

Für eine Frau

Bitte höre, was ich nicht sage!
Lass dich nicht von mir narren.
Lass dich nicht durch das Gesicht
täuschen, das ich mache, denn ich
trage Masken.
Masken, die ich fürchte abzulegen.
Und keine davon bin ich.
So tun, als ob, ist eine Kunst, die mir
zur zweiten Heimat wurde.
Aber lass dich dadurch nicht
täuschen. Ich mache den Eindruck,
als sei ich umgänglich, als sei alles
heiter in mir, und so, als brauchte ich
niemanden. Aber glaube mir nicht!
Mein Äußeres mag sicher
erscheinen, aber es ist eine Maske.
Darunter bin ich, wie ich wirklich bin:
verwirrt, in Furcht und allein.
Aber ich verberge das.
Ich möchte nicht, dass es
irgendjemand merkt.

Beim bloßen Gedanken an meine Schwächen bekomme ich Panik und fürchte mich davor, mich anderen überhaupt auszusetzen.

Gerade deshalb erfinde ich verzweifelt Masken, hinter denen ich mich verbergen kann: eine lässige Fassade, die mir hilft, etwas vorzutäuschen, die mich vor dem wissenden Blick sichert, der mich erkennen würde.

Dabei wäre dieser Blick gerade meine Rettung.

Und ich weiß es.

Wenn es jemand wäre, der mich annimmt und mich liebt.

Das ist das Einzige, dass mir Sicherheit geben würde, die ich mir selbst nicht geben kann: dass ich wirklich etwas wert bin.

Aber das sage ich dir nicht.

Ich wage es nicht.

Ich habe Angst davor.

Ich habe Angst, dass dein Blick nicht von Annahme und Liebe begleitet wird.

Ich fürchte, du wirst gering von mir denken und über mich lachen.
Und dein Lachen würde mich umbringen.
Ich habe Angst, dass ich tief drinnen in mir nichts bin, nichts wert, und dass du das siehst und mich abweisen wirst.
So spiele ich mein Spiel, mein verzweifeltes Spiel: eine sichere Fassade außen und ein zitterndes Kind innen.
Ich rede daher in gängigem Ton oberflächlichen Geschwätzes.
Ich erzähle dir alles, was wirklich nichts ist, und nichts von alledem, was wirklich ist, was in mir schreit.
Deshalb lass dich nicht täuschen von dem, was ich aus Gewohnheit rede.
Bitte höre sorgfältig hin, und versuche zu hören, was ich nicht sage, was ich gerne sagen möchte, was ich aber nicht sagen kann.
Ich verabscheue dieses Versteckspiel, das ich da aufführe.

Es ist ein oberflächliches, unechtes Spiel.

Ich möchte wirklich echt und spontan sein können, einfach ich selbst, aber du musst mir helfen.

Du musst deine Hand ausstrecken.

Selbst, wenn es gerade das Letzte zu sein scheint, was ich mir wünsche.

Nur du kannst mich zum Leben rufen.

Jedes Mal, wenn du freundlich und gut zu mir bist und mir Mut machst.

Jedes Mal, wenn du zu verstehen versuchst, weil du dich wirklich um mich sorgst, bekommt mein Herz Flügel, sehr kleine Flügel, sehr brüchige Schwingen, aber Flügel!

Dein Gespür und die Kraft deines Verstehens geben mir Leben.

Ich möchte, dass du das weißt, wie wichtig du für mich bist, wie sehr du aus mir den Menschen machen kannst, der ich wirklich bin, wenn du willst.

Bitte, ich wünschte, du wolltest es.

Du allein kannst die Wand
niederreißen, hinter der ich zittere.
Du allein kannst mir die Maske
abnehmen.
Du allein kannst mich aus meiner
Schattenwelt aus Angst und
Unsicherheit befreien, aus meiner
Einsamkeit.
Übersieh mich nicht.
Bitte übergeh mich nicht.
Es wird nicht leicht für dich sein.
Die lang andauernde Überzeugung,
wertlos zu sein, schafft dicke
Mauern.
Je näher du mir kommst, desto
blinder schlage ich zurück.
Ich wehre mich gegen das, wonach
ich schreie.
Aber man hat mir gesagt, dass Liebe
stärker sei, als jeder Schutzwall, und
darauf hoffe ich.
Wer ich bin, willst du wissen?
Ich bin jemand, den du sehr gut
kennst, und der dir oft begegnet.

Sabine und Bernd

Oder

Die seltsame Geschichte eines
Geburtstages, ohne BH, mit einer
alten – neuen Stellung genannt die
Beinpresse und einer verklebten EC-
Karte

Sicher hätte man sich viel vorstellen
können.
Aber auch das?
Sabine hatte zu ihrer
Geburtstagsfeier zum Griechen
eingeladen.
Maria, Edith, Anita, Sabine, Bernd
und ich waren eingeladen.
Als Anita und ich beim Griechen
eintrafen, waren Sabine und Bernd
bereits da.
Hätte ich mir Bernd hier schon näher
angeschaut, mir hätte das Flackern
in seinen Augen auffallen müssen,
mit denen er Sabine immer wieder
anschaute.

Aber noch schaute ich nicht auf
Bernd, sondern auf Sabine.
Sie war ja auch schließlich das
Geburtstagskind, und so gehörte es
sich, dass ich sie ganz besonders
herzlich begrüßte.
Aus alter Gewohnheit fuhr ich auch
mit meiner rechten Hand über ihren
Rücken und bemerkte, dass sie
keinen BH anhatte.
Aha.
Bis zu diesem Moment hatte ich
Sabine, die wir übrigens manchmal
auch liebevoll nur Bine nannten,
immer züchtig mit BH in Erinnerung.
Hier musste sich vor der Feier schon
etwas abgespielt haben, wovon ich
im Augenblick noch keine Ahnung
hatte.
Das sollte sich aber schnell ändern.
Inzwischen waren auch Maria und
Edith eingetroffen, und so begann
die Feier.
Ganz gegen seine sonstigen
Gewohnheiten war Bernd heute sehr
ruhig.

Da war nur immer wieder dieser Blick auf Sabine.

Sabine war vor ein paar Tagen wieder ein Jahr älter geworden.

So ganz genau wusste wohl nur sie selbst, wie alt sie war, bzw. man sprach nicht darüber.

Ich schätze sie so um die 41 ein, und denke, dass ich damit nicht schlecht liege.

Beruflich war sie als Krankenschwester tätig und arbeitete im selben Krankenhaus wie meine Schwägerin Maria.

Sie war eher klein, trug eine Brille und heute Abend eine etwas merkwürdige Frisur.

Die schien aber eher auch von dem Vorspiel des heutigen Abends herzurühren.

Inzwischen waren wir bei den Vorspeisen angekommen.

Ein unwesentlicher Satz jagte den nächsten, und so schien es eine ganz normale Feier zu werden.

Meine Gedanken schweiften ein wenig ab.

Warum nur hatte Bine heute keinen BH an?

Hatte sie sich vielleicht schon vorher noch mit Bernd getroffen?

Bei den Gesprächen nach dem Hauptgang stellte sich heraus, dass ich wohl so schlecht nicht gelegen hatte.

Ein bisschen Phantasie dazu, und schon musste man zu den Ergebnissen kommen, zu denen auch ich gekommen bin, denn bei einem der nächsten Sätze fiel schon das nächste Stichwort

»Die Beinpresse«.

Alle amüsierten sich prächtig, außer Bernd, dem das wohl ein wenig peinlich erschien.

Dass Sabine am Ende der Feier mit ihrer EC Karte zahlen wollte, die Karte aber verklebt in der Hülle steckte, ließ am Ende nur folgende Geschichte zu:

Schon seit längerer Zeit hatte Bernd ein Auge auf Bine geworfen.

Sie hatte das aber wohl ignoriert.

Heute aber, heute sollte der erste Schritt getan werden.

So hatte Bine Bernd angerufen, ob und wann er Zeit habe.

Dabei hatte es sich herausgestellt, dass beide frei hatten.

Man traf sich bei Bernd in der Wohnung.

Zum Glück hatte Bernd endlich auch mal seine Wohnung aufgeräumt.

Bernd bot Bine einen Platz auf seiner Couch an.

Sabine: »Bei dir ist es aber warm«

»Von mir aus kannst du gerne deinen Pullover ausziehen« antwortete Bernd mit seinem ihm bekannten süffisanten Lächeln.

Wenn er gewusst hätte, dass Bine bewusst keinen BH angezogen hatte, und nur auf diese Gelegenheit wartete.

Aber das wusste er natürlich nicht.

So wand sich Sabine ein paar Mal hin und her, bis sie dann doch den Pullover auszog.

Ein wohlgeformter Busen trat zum Vorschein.

Auch, wenn er sich in seinen kühnsten Träumen dies immer gewünscht und auch vorgestellt hatte, so war er doch einen Moment sprachlos.

»Du gehst aber heut ran« entfuhr es ihm, nachdem er lange Zeit Bines Busen betrachtet hatte.

»Mein Gott – Bernd« hauchte sie »hast du denn immer noch nicht gemerkt, dass ich dich will«

Für einen Moment glaubte er an seinem Verstand zu zweifeln, aber schon war Bine aufgestanden und hatte sich daran gemacht, ihm die Hose herunter zu ziehen.

Ihm wurde es ganz anders, als er so ohne Hose dastand.

»Weißt du« sagte sie »im Krankenhaus haben sie uns eine

ganz neue Stellung gezeigt, mit allen Schikanen«

Neue Stellung.

Das hörte sich interessant an.

»Die anderen haben sie die Beinpresse genannt« und mit einem lüsternen Blick auf Bernd »weißt du« hauchte sie »die möchte ich jetzt auch unbedingt ausprobieren«

Inzwischen hatte sie sich ganz entkleidet und stand in ihrer natürlichen Schönheit vor ihm. Eigentlich waren beide nun wirklich nicht mehr in dem Alter, in dem man unbedingt neue Stellungen ausprobiert, aber warum eigentlich nicht, mussten sich die beiden gedacht haben.

»Komm« sagte er »lass uns die neue Stellung gleich ausprobieren«

»Ja« schrie sie »komm« um ihn mit diesen Worten in sein Bett zu ziehen.

»Leg deinen Penis zwischen meine Brüste«

Wie in einem Traum folgte er ihren Worten.

Sie hatte ihre Beine um ihn herum gepresst, und er die seinen um sie. Daher wohl auch der Ausdruck Beinpresse.

»Und jetzt tu so, als ob du mit mir schläfst«

Das wiederum war nun wirklich ungewöhnlich, aber er tat, wie ihm befohlen.

Irgendwann spritzte er zwischen ihren Brüsten ab.

Etwas von der Flüssigkeit muss dabei an die EC Karte gekommen sein.

So war in meinem Kopf ganz schnell die Geschichte entstanden.

Voll solcher Phantasien wurde es dann ein lustiger Abend, und erst beim Heimgehen hätte man wirklich meinen können, dass aus der Phantasie Wirklichkeit geworden sei, denn beide stritten eine dermaßen erfundene Geschichte mit einer solchen Vehemenz ab, dass man sich nicht mehr klar darüber war, ob

nicht vielleicht doch vor dem Fest
schon etwas derartiges passiert war.
Niemals zuvor habe ich Bernd
schneller zur U-Bahn laufen sehen.
"Bloß weg von hier" schienen seine
Schritte zu bedeuten.
Längst schon hatte er versucht,
keine Blicke mehr auf Bine zu
werfen.
Dann war er mit Edith
verschwunden.
Neuer Versuch?

Am Bühnenrand

Lieber nicht in der Mitte

sondern am Rand der Bühne,

kaum sichtbar, kaum teilnehmend,

unverstanden und verkannt.

Lieber dort, verlegen wie ein beinah
Fremder,

melancholisch wie ein beinah
Verfemter,

der wenig spricht und schweigsam
nachsinnt

über die Wahrhaftigkeit der Maske

auf dem Gesicht.

Warten – warten auf Dich

Es wird und wird immer später.
Verzweifelt, weil es keinen Ausweg
gibt, schaue ich immer wieder auf die
Uhr.
Wenn die Zeit sonst wie im Fluge zu
vergehen scheint, heute fliegt sie
noch schneller.
Ein letzter Anflug von Mut
überkommt mich.
Es wird schon nicht so schlimm
kommen, wie ich es mir immer
wieder ausgemalt habe.
Wo bist du?
Einsam und verlassen sitze ich
daheim und warte.
Warte auf dich.
Ist dir vielleicht doch etwas passiert?
Auch das Handy schweigt.
Mehrfach habe ich schon versucht
dich anzurufen, aber wahrscheinlich
hast du dein Handy wieder auf
lautlos gestellt.
Wie sollst du mich dann hören?

Irgendwann beschließe ich dich zu suchen.

Draußen ist es dunkel.

Ich fange an zu frieren, als mich der erste Windstoß erfasst.

Die Blätter an den Bäumen können sich auch nicht mehr halten, und fallen langsam zu Boden.

Mitten in der Dunkelheit rast ein Auto an mir vorbei.

Woher kommst du und wohin fährst du, frage ich mich.

Ich weiß es nicht, und will es auch gar nicht wissen.

Ich will dich nur finden.

Du, die du am Mittag in die Arbeit gegangen, und jetzt immer noch nicht daheim warst.

So gehe ich die vertrauten Wege, die mir in der Dunkelheit aber ganz anders als sonst erscheinen.

Gehe so, wie ich denke, dass auch du gehen würdest.

Ich begegne nur wenigen Menschen.

Kein Gesicht, in das ich schaue ist mir vertraut.

Gehe und gehe und gehe und gehe.
Immer weiter.
Und immer weiter scheinst auch du
von mir entfernt.
Dabei haben wir uns doch erst vor
vier Jahren gefunden.
Wurden uns Tag um Tag vertrauter.
Haben geheiratet.
Wenn Gedanken reden könnten.

Wenn Gedanken reden könnten.

Refrain: Wenn Gedanken reden
könnten, wär das Schweigen nicht so
laut.

Wo wir uns als Freunde
wähnten, hast du mir nichts
zugetraut.

1) Ein Lächeln gab's erste Wort,
   und schon gingst du wieder
   fort. Wir sahen uns nur kurz
   an. Ich hoffte so, als es
   begann.

   Refrain

2) Die Zeit mit dir lief dahin. Wir
   fragten nicht nach dem Sinn.
   Ich wollt' ein Halt sein für dich.
   Doch meistens liebte ich nur
   mich.

   Refrain

3) Irgendwann kam ein Kuss.
   Und dann schien wieder
   Schluss.
   Ich wollte doch so viel mehr.
   Doch meine Seele gab nichts
   her.

   Refrain

4) Und trotzdem glaub ich an
   dich.
   So, als könnt' nichts passier'n.
   Ja manchmal lieb ich auch
   mich.
   Doch das darf dich nicht
   frustrier'n.

Refrain

5) Ja, ja ich denke an dich.
   Und das ganz tief in mir drin,
   mach ich mich doch
   lächerlich.
   Ich komme später zu dir hin.

Refrain

Irgendwann bin ich, ohne dass ich es
bemerkt habe, wieder daheim,
schließe die Tür auf und …
Erwache aus meinem Traum.

Du liegst neben mir und atmest ganz ruhig ein und aus.
Dein Gesicht ist dem meinen zugewandt.
Eine Weile betrachte ich dich noch, merke wieder, wie sehr ich dich liebe, und wie sehr ich leiden würde, wenn dir etwas zustoßen würde.
Mein Gott, wie ist das schön, wieder in dein vertrautes Gesicht zu schauen.
Die namenlosen Gesichter, die mir im Traum begegnet sind, waren so still.
Niemand konnte mir sagen, wo du bist.
Dabei liegst du neben mir.

Noch bevor wir uns zur Ruhe begaben, hatten wir, wie immer, unser Schlafzeremoniell:
»Schlaf gut mein geliebter Hase«
»Ja, Mama«
»Träum süß, mein geliebter Hase«
»Von Mama und von Papa«

»Und, wenn was ist, wo gehst du
dann hin«
»Dann schlüpfe ich unter Mamas
Bettdecke«
»Schlaf auch du gut mein geliebter
Hase«
»Ja, Papa«
»Träum süß mein geliebter Hase«
»Von Papa und von Mama«
»Und, wenn was ist, wo gehst du
dann hin«
»Dann schlüpfe ich unter Papas
Bettdecke «
Manchmal, je nach Laune wurde
und wird das Ritual verlängert oder
verändert, wobei aber die wichtigen
Dinge immer wieder gesagt werden.
»Mama«
»Ja Papa«
»Darf ich geucka machen«
Dieses Wort hatte meine Frau aus
Kenia mitgebracht, und es bedeutete
soviel, dass man sich umdrehen
wolle bzw. solle.
»Wenn du mich noch einmal küsst«

Gesagt, getan und dann hing jeder
noch seinen eigenen Gedanken
nach, bis man eingeschlafen war.

Die Uhr auf dem Wecker zeigt 5.59
Uhr an.
Das heißt für mich, dass ich
aufstehen muss, weil ich ab 7.00Uhr
arbeiten muss.
Du kannst noch ausschlafen, denn
du hast Spätdienst.
In Gedanken bitte ich, dass wir auch
diesen Tag und viele weitere Tage
noch miteinander verbringen dürfen.
Weil ich dich liebe!
So sehr liebe!
Bevor ich gehe, küsse und umarme
ich dich noch in Gedanken, und
gehe.

Als ich dir den bösen Traum am
nächsten Abend berichte, fragst du:
»Warum bist du nicht zu mir
gekommen«
»Ach, du hast so schön geschlafen,
da wollte ich dich nicht wecken«

Bevor wir schlafen gehen, sprechen und versprechen wir uns all die lieben Dinge, die wir uns immer versprechen, hoffentlich noch viele Nächte.
Weil ich dich liebe.
So sehr liebe.
Im Traum sehe ich mein Bild im See.

Mein Bild im See

Geisterhafte Himmelstiefen

bringt die Welle des Schalls,

die über die harte Schale der Kiesel
streicht.

Schweigen ist die Zeit zwischen den
Wellenschlägen.

Ich als kleiner Junge im Profil der
Vollkommenheit.

Ich werfe den Stein und das Bild
verschwimmt.

Der Augenblick setzt sich frei,

das Wasser sprengt den Umriss der
Fotografie,

strömt ins Zimmer.

Im Nu wird die Decke himmelgrau.

Der Stein, dein Blick,

der Schwalbenfisch,

die samtenen Finger der Engel

versuchen die Wunde zu schließen,

wobei man nicht sieht

ob Blut tropft

oder Eiter.

Wenn die Last zu groß und jede Hilfe
verweigert wird.

Irgendwo auf einem Amt.
Mal wieder.
Da, wo ich nie mehr hin wollte.
Sozialamt.
Zu diesen Menschen, die hier auch
warten, gehöre ich doch schon lange
nicht mehr.
Lebe doch seit 17 Jahren nüchtern.
Habe eine Arbeit, eine Wohnung und
eine liebende Frau.
Trotzdem reicht es nicht, irgendwie
reicht es nicht, obwohl ich täglich nur
2,50 € ausgebe.
Da müsste es doch reichen bei dem
Gehalt.
Aber ich komme nicht weiter.
Verfalle zwischendrin immer wieder
und gebe, nur um es mir selbst zu
beweisen, dass es doch geht, zu viel
Geld aus.
Meistens um meine mangelnde
körperliche Liebe zu meiner Frau
irgendwie zu ersetzen.

Ich weiß, dass mir wahrscheinlich niemand mehr hilft, weil mir niemand mehr helfen kann, und ich das auch eigentlich nicht mehr will.
Vor siebzehn Jahren, ja, da war das was anderes.
Da war ich krank.
Bin immer noch krank.
Bleibe immer krank.
Dieser Alkoholismus bleibt mir bis zu meinem Lebensende.
Krank, und es gibt kein Krankenhaus mehr dafür.
Musste und habe es selber geschafft.
Trotzdem bin ich, weil ich immer noch auf Erlösung hoffe, gekommen.
Am Ende des Wartens und eines niederschmetternden Gesprächs mit der Vorzimmerdame desjenigen, den ich eigentlich sprechen wollte, bricht es aus mir heraus.
»Wir sind soweit, dass Menschlichkeit des Menschen Last kein Schiff, kein Ufer mehr

Ertrunkene birgt, kein Heim kein
Grab des Sterbenden mehr harrt.
Wir sind soweit, dass der, der als ein
Fremder wart geboren, für alle
Zeiten, des Rechts verlustig geht.
Dass niemand Schutz ihm gewährt in
der Verfolgung.
Wir sind soweit, wir sind soweit, und
Ihr, Ihr tragt die Schuld.
Wenn zu ihm nicht zu Gott wir
müssen fleh'n, gebt mir Antwort auf
die Frage.
Wer sind die dunklen Mächte?
Werden sie gerächt?
Himmelt man sie an?
Ist jemand hinter diesen Türen, dem
man sein Herz ausschütten kann?
Gibt's jemanden, irgendjemanden,
der sich bemüht?
Gebt mir Antwort auf die Frage.
Haben Sie je einen Menschen
geseh'n?
Spricht er noch, atmet er noch?
Sprachen Sie je mit ihm«

»Stellen Sie sich nicht so an «sagt die Dame vom Amt »wir haben hier Tausende mit Ihrer Geschichte. Und alle fordern sie Hilfe. Aber in Ihrem Fall müssen Sie schon selber sehen, wie Sie da rauskommen. Von unserer Seite denke ich, wird es keine Hilfe geben. Daher denke ich, dass ein Gespräch mit meinem Chef völlig sinnlos ist. Wissen Sie, das kann ich schon selber sehen. Da gibt es viel schlimmere Fälle, als Sie es sind. Die brauchen wirklich Hilfe. Aber Sie. Sie doch nicht. Ihnen geht es im Vergleich zu all den anderen ja immer noch gut. Schauen Sie sich doch an. Mit Anzug und Krawatte und einer Wohnung und so wie es aussieht immer noch hohem Lebensstandard«

»Hätte ich vielleicht in Pennerklamotten kommen sollen. Obwohl ich mich fast schon so fühle, auch so behandelt«

»Also bitte, alle werden hier gleich behandelt. Aber, wie ich schon sagte …«

Eigentlich sollte ich jetzt aufstehen, den Schreibtisch zu Kleinholz verarbeiten und der Dame mal kräftig die Meinung sagen.

Aber das geziemt sich nicht.

Also stehe ich ruhig auf, bedanke mich für das Gespräch, frage dann aber doch einmal, ob es denn überhaupt Sinn macht, vielleicht doch noch einmal zu kommen, um dann, als ich natürlich eine negative Antwort erhalte, endgültig zu gehen.

Was nun?

Alles, was man in den letzten Jahren mühsam geschafft hat, aufgeben, und sich sinnlos betrinken.

Obwohl ich weiß, dass das nicht die Lösung ist.

Nie!

Niemals!

Ich mir geschworen hatte, niemals wieder Alkohol zu trinken.

Ich schon bei so vielen
mitbekommen hat, wie das endet.
Noch weiß ich die Lösung nicht.
Nur, dass ich nicht wieder anfangen
möchte zu trinken, das weiß ich.
Das habe ich mir Gott sei Dank ganz
fest in mein Gehirn gemeißelt.
Nie mehr wieder.
Nie mehr.
Ich muss mit Anita reden.
Gemeinsam werden wir eine Lösung
finden.
Es wird eine Lösung geben.
Gemeinsam sind wir stark.
Gestärkt mit diesen inzwischen
positiven Gedanken gehe ich heim.
Berichte von meinen Sorgen und
Nöten.
Schweigend hörst du zu.
In guten wie in schlechten Zeiten,
das hatten wir uns geschworen.
Immer zueinander stehen.
Wieder einmal brauche ich dich.
Mehr, als ich es zu sagen wage.
Merke, dass unsere Liebe täglich
wächst.

Unser Sonntagsjunge

Unser Sonntagsjunge stieß die
Fenster auf,

den Schlaf noch in den Augen,

und machte sich dann auf den Weg,

mit sauberer Hose

und seinem schwarzen Hut.

Unser Sonntagsjunge tauschte
Neujahrswünsche,

strich über den Schopf der
Jasminzweige.

Unser Sonntagsjunge lächelte den
blinkenden Vitrinen zu,

erinnerte sich an philharmonische
Konzerte früherer Tage,

die fröhlichen Spaziergänge …

Da gelangte er an die Stelle, wo sich
die Feinde zeigen.

In Gimbte, was auch überall
anderswo auf der Welt sein könnte,

auch in der Kanalstraße in Münster –

und über die Sandsäcke,

über das Unkraut

und über die kleine Mohnblume

reckte unser Sonntagsjunge den
Kopf,

um den anderen

mit der anderen Sprache

mit dem anderen Gesicht

zuzurufen »Guten Morgen«

Ein alter Brief
An meine Eltern
Nie abgegeben

Ich ziehe aus

Heute nun endlich, nach langer
reiflicher Überlegung, die eigentlich
sehr kurzentschlossen war, habe ich
mir überlegt, dass ich die, die mich
schon seit Jahren kennen, und die
mich im Grunde schon seit Jahren
hassen, heute nun endlich, nach fast
vierundzwanzig Jahren qualvoller
Pein, Angst, Nichtbestehen,
Nichtkönnen und weiterer negativer
Essenzen, verlassen will, obwohl sie
– und gerade sie – glauben, nur das
Beste für mich getan zu haben.
Weil sie im Grunde meine Gedanken
und Wünsche nie verstanden haben,
und es sie eigentlich sogar immer
gefreut hat, im Grunde ihres
Herzens, wenn ich mal eine Prüfung

nicht bestand und sie dieses in meinem Nichtkönnen auslegten. Aber gerade deshalb werde ich es ihnen noch beweisen.

Aber gerade deshalb werde ich ihnen noch beweisen, was in mir steckt.

Die alten Bäume

Wenn uns die alten Bäume ansehen,
hat ihr Blick etwas Trauriges,
die Traurigkeit der Vielgereisten,
deren Augen vieles erlebt haben,
aber auch der Weisen, die so vieles
wissen.

Die Zeit dreht sich in einem fort,
legt sich in Ringen um den Stamm.
Kreise des Lebens, der Geschichte,
der Erinnerung,
niedergeschrieben in dem Buch, das
offen steht
dem Regen, den Winden und dem
Feuer,
das man mit den Augen seiner Seele
liest,
aufgenommen auf einer alten
Schallplatte,
über die man mit den Fingerspitzen
streicht
und aus der man die Musik der
Jahrhunderte strömen spürt.

Winde brausten, Wasser strömte und
Gras und Blumen,
die Erde war schneebedeckt, dann
wieder für Jahre von der Sonne
gesengt …

Horden von Dürstenden nach
Reichtum und Ruhm kamen vorbei,
ewig mühten wir uns ab, Hände und
Füße gefesselt
mit schweren Steinen auf dem
gebeugten Rücken,
zu bauen die große Burg, die Kirche
und die Mauer.
Im Angesicht von Schwertern und
Waffen
Bewahrte ich Sprache und Seele
und hielt an der Hoffnung fest,
die ich an der Wurzel des Baumes
baute …

Die Bäume reisen und sehen viel,
durch die Vielzahl der Generationen,
die an ihnen vorüberziehen,
durch die Jahrhunderte, die sie
umkreisen,

und durch die kleinen und großen
Dramen der Geschichte,
die sich vor ihren Augen abspielen.

Reich geworden durch alles,
was sich ihnen eingekerbt hat,
stehen sie da, einsam zumeist,
vor Bauten aus Stein,
zu Sinnbildern der Zeit geworden,
zu Buchseiten der Geschichte,
voller Trauer in ihrem Stolz,
voller Hoffnung in ihrer
Ausweglosigkeit

» Ausgeschissen gut«

Hätte mich an diesem Morgen
jemand gefragt, wie es mir geht,
hätte ich ihm geantwortet
»Ausgeschissen gut«, denn seit ein
paar Tagen war ich dabei meinen
Darm zu entleeren, weil ich eine
Koloskopie vor mir hatte.
Aber beginnen wir vorne.
Mein Hausarzt hatte mir geraten zur
Vorsorge zur Darmspiegelung -
Koloskopie - zu gehen.
Er hatte mir auch gleich ein paar
Praxen aufgezählt, wo das möglich
sei.
Ich hatte mich für eine Praxis in der
Nähe entschieden.
Gleich nach dem Hausarztbesuch
rief ich von zu Hause aus in der
Praxis an.
Die Dame am Telefon überschüttete
mich gleich mit Informationen und
mit zwei Terminen.
Als ich in die Praxis kam dachte ich
«jetzt sitzt der Krankenhausdrachen
gleich beim Empfang«, so jedenfalls
war mein erster Eindruck. Wobei ich

ja gar nicht im Krankenhaus,
sondern in einer Arztpraxis war.
Diese Art von »Helferin« hatte ich
doch erst bei meinem letzten Eingriff
Jetzt schon wieder?!
Wie sich am Ende herausstellen
sollte, eine völlige Fehleinschätzung.
Auch sie äußerst reizend.
Nur in diesem Moment war sie
vielleicht genervt und schickte mich
etwas schroff und wieder mit vielen
Informationen ins Wartezimmer.
Irgendwann holte mich eine ältere
Helferin ab mit den Worten
»ich brauche mal ein bisschen Blut
von ihnen«
Wie ich das hasse.
Blut abnehmen.
Beim Hausarzt habe ich es immerhin
schon geschafft, dass die
Helferinnen mir das Blut aus der
Hand mit kleinster Nadel im Liegen
abnehmen.
Hier wollte die Dame das im Sitzen
und in der Beuge probieren.
All meinen Charme habe ich
ausgepackt, um sie von meiner Hand
und kleiner Nadel zu überzeugen,
aber sie ließ sich nicht beirren, und

fand auch in der Armbeuge eine Stelle, wo sie zustechen konnte.
Im Sitzen.
Es funktionierte.
»In der Hand tut Blut abnehmen viel mehr weh« hatte sie noch gesagt.
Während der Aktion tauchte noch eine jüngere Kollegin auf, die sich ins Wochenende verabschieden wollte.
Hier war mir nur ein »halber Blick «möglich, denn die Schiebetür war nur ein bisschen geöffnet, so dass ich nur ein sehr freundliches Gesicht mit Brille sehen konnte.
Am Ende ihres kurzen Besuches sagte sie noch »bei der Untersuchung werde ich sie dann betreuen«.
Ich beteuerte noch schnell, dass ich mich darauf jetzt schon freute, soweit das mit dem Freuen beim Arzt überhaupt geht, dann war sie auch schon gegangen.
Nachdem die Blutabnahmeaktion beendet war, gab mir die andere Helferin noch mein »Lunchpaket«, wie sie es nannte mit allen nötigen Informationen, was ich ab jetzt noch essen und trinken dürfe, in die Hand.

Dann bat sie mich wieder im Wartezimmer Platz zu nehmen bis mich dann Dr.Imhaus abholte.

Ein etwas älterer Herr mit einer unendlich freundlichen Ausstrahlung. Nachdem die üblichen gesundheitlichen Fragen geklärt waren, und klar war, was zu tun war, brachte auch er noch all die wichtigen Themen vor, vor allen Dingen, dass ich ja nicht vergessen sollte, dass ich nach der Untersuchung abgeholt werden müsse, da man mich sonst nicht gehen lasse.

»es gibt nämlich eine Narkose« hatte er noch erläutert.

Na toll.

Wo doch die letzten Ärzte trotz mehrfacher Gabe von »Dormicum« es nicht geschafft hatten, dass ich einschlafe.

Hier sollte dann alles ganz anders kommen.

Als ich die Praxis verlassen hatte, rief ich zunächst Anita an, um ihr das Geschehene mitzuteilen, auch, dass sie mich abholen müsse, und bei der

Einteilung ihrer Arbeitszeit darauf bitte achten sollte.

Ich kaufte noch ein helles Brot.

Just ein paar Tage vorher hatte mir meine Diabetologin gerade zu dunklem Vollkornbrot geraten.

Aber für meine Darmspiegelung war jetzt helles Brot angesagt.

Belegt mit Frischkäse.

Wenn ich gewollt hätte noch mit Honig und Marmelade.

Aber aus «zuckertechnischen Gründen« habe ich darauf verzichtet.

Das sollte ab jetzt bis Sonntag Früh mein Frühstück und mein Abendessen sein.

Dazu Wasser ohne Kohlensäure oder Tee.

Zu Mittag dann eine klare Rinderbrühe.

Daheim angekommen alles noch mal berichtet und das erste »Darmauspültechnische« Abendessen »genossen«.

So vergingen die Tage bis einen Tag vor der Untersuchung.

Da wusste ich schon, dass ich ab 15 Uhr nichts mehr essen durfte und ab

17 Uhr 3 Liter Endofalk - kein
Abführmittel, nur ein Spülmittel für
den Darm, gelöst in warmen Wasser,
dann kalt werden lassen, dann
möglichst in 1 bis 2 Stunden trinken-.
»Gut schmeckt das nicht« hatte Dr.
Imhaus noch gesagt.
Es nahte der Nachmittag.
Anita hatte schon am Mittag die
Lösung in 3 Bierkrügen aufgelöst.
Sie selber ging an diesem
Nachmittag zum Kaffee und Kuchen
mit anschließendem Abendessen zur
Schwägerin.
Wie gemein!
Immerhin stand auf der Packung
»Lösung zur Darmentleerung mit
Orange-/Maracujageschmack drauf.
Dass ließ sich doch hören, und klang
doch machbar.
So saß ich allein vor der Glotze und
wartete auf 17 Uhr.
Das aufgelöste Mittel stand bereits
vor mir.
Von 16.55 bis 18.05 habe ich dann
die 3 Liter getrunken.
Sehr schnell begann dann die
»Entleerungsaktion«.

Doch das will niemand wirklich lesen, und so überspringe ich die nächsten Stunden.

Trotz aller meiner sonst gewohnten Angstzustände vor einer solchen Aktion, war ich dieses Mal fast entspannt.

Ein paar Stunden Schlaf hatte ich auch abbekommen, und so konnte der Tag der Untersuchung kommen.

Am Morgen »durfte« ich dann noch einen Liter von dem »tollen Zeug« trinken.

Schon jetzt freute ich mich auf irgendwas mit Geschmack, aber das sollte noch ein paar Stunden dauern.

Nachdem ich auch den letzten Liter getrunken hatte, im Fernseher noch Tennis geschaut hatte, machte ich mich zu Fuß auf den Weg in die Praxis.

Hier war, trotz der frühen Morgenstunde, schon einiges geboten.

Einige Patienten saßen schon im Wartezimmer, wo auch ich, nachdem ich beim »Krankenhausdrachen« alle notwendigen Papiere, die ich noch am Wochenende ausgefüllte hatte, abgegeben hatte.

Die Krankenkassenkarte, die ich ausdrücklich noch einmal mitgenommen hatte, konnte dann nicht eingelesen werden, da der Leser defekt war.

Das Bild des »Krankenhausdrachens« sollte sich jetzt ins genaue Gegenteil verändern.

Ich hatte ja alle Papiere, die ich ausfüllen sollte, abgegeben, und im Wartezimmer Platz genommen.

Irgendwann tauchte die genannte Dame mit breitem Lächeln und superfreundlich auf, um mir meine Margenabrechnung meines ersten Buches, die ich versehentlich mit zu den Papieren gelegt hatte, zurückzugeben.

Also auch super nett, so wie Alle.

Das fing ja gut an.

War dann aber am Ende kein Problem.

Da saß ich schon im Wartezimmer um eine Zeitschrift, die ich schon beim Warten auf das Vorgespräch angefangen hatte zu lesen, weiter zu lesen.

Irgendwann tauchte der Anästhesist auf, um mit mir den Ablauf der Narkose und das weitere Vorgehen zu besprechen.

Zum wiederholten Male stellte auch er, so wie die Dame an der Rezeption und auch so wie Dr. Imhaus die Frage »wer holt sie später ab«?

Hinreichend hatte ich diese Frage immer wieder beantwortet »um 11.30 kommt meine Frau und holt mich ab. «

Mein Arbeitskollege, dem ich das am nächsten Morgen erzählte meinte dazu »Wahrscheinlich wollten die nur immer wieder testen, wie geistig fit sie sind«

Alle anderen, die diese Frage gestellt hatten, antworteten nur »das ist gut«

Es sollte nur eine »kleine« Narkose geben, so dass ich im Dämmerschlaf von der ganzen Aktion nichts mitbekommen sollte.

Darauf war ich ja jetzt schon gespannt.

Der Narkosearzt schickte mich dann wieder ins Wartezimmer.

Irgendwie hatte ich da keine Lust mehr Zeitung zu lesen, und fing erst an nach draußen zu schauen, um danach die Mitpatienten zu betrachten.

Draußen war die mir bekannte S-Bahnstation, wo auch ich immer mal wieder aussteige.

Heute stand gerade eine S-Bahn zur Abfahrt bereit.

Ein mittelalter Mann mit hellbrauner Hose, einer Wintermütze und einem Rucksack war zu sehen, stieg aber nicht ein.

»warum steigt der nicht ein« dachte ich mir.

Bei der nächsten S-Bahn, die einfuhr, war dann klar, warum.

Die erste S-Bahn fuhr einfach nicht weit genug.

So hatte ich dann auch sein Einsteigen verpasst, als die S-Bahn abfuhr.

Oder war er dann doch zurückgegangen?

Kaum zu denken.
Im Wartezimmer waren noch drei andere Personen.
Links neben mehr eine Dame mit einem blümchengestreiften Oberteil.
Sie las eine Tageszeitung.
Schon einmal hatte ein Kurzzeitmesser geklingelt, worauf sie aufgestanden war, und wohl Blut abgegeben hatte.
Jetzt saß sie wieder im Wartezimmer und in ihrer Handtasche lief noch einmal der Kurzzeitmesser.
Gegenüber saß ein mittelalter Herr.
Irgendwie sah der »fremdländisch« und nicht wirklich gepflegt aus.
Da wir aber nicht ins Gespräch kamen, kann ich nichts weiter über ihn sagen.
Rechts am Fenster saß noch eine jüngere Dame, die mit ihrem Handy hantierte.
Sie hatte braune Haare, wie ich sehen konnte auch braune Augen und einen braunen Pullover.
Wäre sie kleiner gewesen hätte es glatt meine Frau sein können, aber die war ja in der Arbeit, um mich später abzuholen.

Denn über dem Pullover trug diese Dame noch eine Art lila Schal.
Bei weitem nicht so schick, wie meine Frau, aber trotzdem stand der Schal ihr gut.
Dann wurde ich abgeholt und ins Untersuchungszimmer gebracht.
Von der jungen Kollegin, die ich schon am Donnerstag kennengelernt hatte.
Hier durfte ich dann in einer kleinen Nische »untenrum« alles frei machen, und mich dann auf die Untersuchungsliege legen.
Der Narkosearzt kam dann, um den Katheder für die Spritze mit der Narkose zu legen.
Ich hätte schwören können, dass er nach der Aktion »jetzt haben wir den größten Teil schon geschafft. « gesagt hat.
Als ich ihn darauf anspreche, wie komisch ich das finde, dass das alle Ärzte gerne sagen, dieses »jetzt haben wir das geschafft« bestreitet er das vehement, weil er sich angewöhnt habe, zu sagen »jetzt haben sie den größten Teil geschafft«, weil er ja nichts schaffen

müsse, sondern nur ich das ertragen müsse.

»Alle Patienten, die wir nachher auf die gesamte Untersuchung ansprechen, empfinden das setzen des Katheders als unangenehm«. Da ich ja durch den Hausarzt das Blutabnehmen aus der Hand gewohnt war, konnte ich wiedersprechen, dass es gar nicht so schlimm gewesen sei.

Dann kam Dr. Imhaus.

Ich durfte mich zur linken Seite drehen.

Der Narkosearzt spritzte das Narkosemittel und nach 3 bis 4 Mal tief ein- und ausatmen war ich weg. Ich erinnere mich nur an zwei Mal. Der Narkosearzt hatte es wirklich geschafft, mich in einen Dämmerschlaf zu schicken, so dass ich nichts von der gesamten Untersuchung mitbekam.

Bericht des Arztes

Anamnese (16.1.): Herr H. wünscht Durchführung einer Vorsorgecoloskopie. Stuhlgang: 1-

2/Tag, normale Konsistenz, keine Änderung der Stuhlgewohnheiten, keine Blut – oder Schleimbeimengungen. Letzte regelmäßige urologische Untersuchung sei unauffällig gewesen Ende des Jahres.

Familienanamnese: Keine entzündlichen Darmerkrankungen oder malignen Tumoren im oberen oder unteren Gastrointestinaltrakt bekannt. Vater verstarb an Gehirntumor (Mama hat er einfach vergessen, sorry Mama, du bist ja an Krebs gestorben).

Sozialanamnese: Derzeitige Tätigkeit: Verwaltungsangestellter im Veranstaltungsbereich bei der Hochschule für Musik. Nikotin: nein, Alkohol: keinen mehr seit 22 Jahren.

Medikation: z.Z. orales Antidiabetikum 1-0-1 (es wurde erklärt, dass Med. während der Coloskopievorbereitung angepasst werden muss).

Ileo- Coloskopie (20.10)
Gerät: Fujinon Videosystem EC 530 FL. Anästhesie Dr. Richter.

Prämedikation : Propofol 200mg, Ultiva 40 ug. Kontinuierliche, protokollierte Überwachung von Sauerstoffsättigung, Kreislaufparameter. Darm gut gereinigt.

INSPETKTION, DIGITALE UNTERSUHCUNG, PROKTOSKOPIE: Normaler Analsphinktertonus, Analrhagagen, Hämorrhoiden Grad 1. Prostata altersentsprechend.
ILEO-COLOSKOPIE bis ca. 15 cm in das terminale Ileum: Im linksseitigen Colon mit Betonung des Sigma-Areals zeigen sich mehrere reizlos imponierende Divertikel. Sonst makroskopisch nicht suspekte Lumen- und Schleimhautverhältnisse im übrigen eingesehen Colon bis Coecumpol und im terminalen Ileum. Valvula Bauhini nicht suspekt. Keine Bioskopien.

AKTUELLE ENDOSKOPISCHE/ MAKROSKOPISCHE DIAGNOSEN:

- Vereinzelte reizlos imponierende Divertikel im linksseitigen Colon mit Betonung des Sigma-Areals.
- Sonst nicht suspekte Lumen-Schleimhautverhältnisse im übrigen eingesehen Colon und im terminalen Ileum.

VORSCHLAG ZUR THERAPIE; ZUM WEITEREN PROCEDERE:
- Solange keine Zeichen einer Divertikulitis vorliegen, ist eine Ballststffreiche Kost mit ausreichender Flüssigkeitszufuhr zu empfehlen.

Das soll dann ein Normalsterblicher verstehen.

Irgendwann wachte ich wieder auf. Als ich aufstehen durfte, merkte ich, dass ich noch nicht ganz wieder da war, und jetzt verstand ich auch, warum ich unbedingt abgeholt werden musste.
Ich wurde in den Aufwachraum gebracht.

Leicht wackelig vom Narkosearzt geführt durfte ich in diesem Raum auf einem Stuhl Platz nehmen und auf einem anderen Stuhl die Beine hochlegen.

Dann wurde ich erst einmal allein gelassen, mit meinen Gedanken.

Auch hier fing ich an das Gebäude und die Gegend draußen und dann das Zimmer selber zu betrachten.

Als erstes fiel mir dann etwas im Zimmer auf.

In einer Vase mit weißen Steinen am Boden standen 12 schwarze Stäbe.

Falscher Bambus dachte ich erst.

Viel später stellte sich bei näherer Betrachtung heraus, dass die Stäbe blau und grün waren, und es war wohl nur Kunst.

Also war ich doch wohl noch nicht ganz da.

In einem Hochhaus etwas weiter weg brannte nur in einem Raum gerade ein Licht.

Da machte sich wohl jemand zur Arbeit fertig, oder frühstückte, oder…ich weiß es nicht.

Auch weiter weg war ein Kirchturm zu sehen.

»So, ist denn alles in Ordung?«
Der Narkosearzt unterbrach meine
Betrachtungen.
»Ja, alles in Ordnung«
Kurz darauf kam noch eine andere
Helferin.
»Wie ich gehört habe möchten sie
lieber Tee, als Kaffee. Ich habe
grünen Tee und Pfefferminztee da«
»Dann hätte ich gerne
Pfefferminztee, Kaffee vertrage ich
nicht«
Zu dem Tee reichte sie noch 4
Butterplätzchen.
Normalerweise mag ich diese Art
von Plätzchen nicht.
Wenn man die anbeißt, knacken die
so, dass einem ein eisiger Schauer
über den Rücken läuft.
Aber hier erschienen diese
Plätzchen mir wie ein 4 Gänge
Menü.
Noch nie zuvor haben mir Plätzchen
so gut geschmeckt.
Aber zurück zum Kirchturm.
Keine Uhr war zu sehen.
Ich selber hatte meine Uhr auf Bitten
der Praxis daheim gelassen.

Ich hatte also keine Ahnung, wie spät es war, wie lange die Untersuchung gedauert hatte, und wie lange ich noch warten musste, bis ich abgeholt wurde.

Die Helferin, die schon bei der Untersuchung dabei gewesen war, kam ins Zimmer.

»So, jetzt nehme ich schon mal den Katheder wieder aus der Hand«

»Ich müsste mal dringend auf die Toilette«

»Das ist überhaupt kein Problem«

Sie erklärte mir den Weg, aber außer heißer Luft kam da gar nichts, also ging ich wieder in den Raum zurück.

Beim setzen fiel mir auf, dass auf dem Boden vor dem Gebäude eine Art Fahrstraße aufgemalt war.

Vielleicht war das ein Übungsgelände vom ADAC.

Die Kinder, die dann auf den Hof eilten, weil gerade große Pause war, belehrten mich eines Besseren.

Es war eine Schule und die Fahrstraße war wahrscheinlich für den Verkehrsunterricht gemacht.

Eine andere Klasse saß noch in ihrem Raum.

Die hatten wahrscheinlich eine Doppelstunde.

Aus dem Dach des Gebäudes quoll weißer Rauch.

Klar, dass der von der Heizung aus dem Gebäude kam, und kein neuer Papst gewählt worden war.

Aber so etwas geht einem dann auch durch den Kopf.

Inzwischen war auch noch ein anderer Patient hereingeführt worden, der sich dann hinlegen durfte.

Ich war ganz froh darüber, dass ich sitzen konnte.

Noch einmal schaute der Narkosearzt herein, um sich nach unserer Wohlbefinden zu erkunden.

Wieder alles in Ordnung.

Dann wurde ich zum Arztgespräch abgeholt.

Zum ersten Mal sah ich endlich eine Uhr.

11.20 Uhr.

Also noch 10 Minuten bis meine Frau mich abholt, wie schön.

Dr. Imhaus malte dann auf ein Briefcouvert zwei Ovale, die meinen Darm darstellen sollten, erzählte etwas von Divertikeln und was alles möglich sei, um am Ende auf meine Frage, wie es denn jetzt um mich stehe, zu antworten

»ein völlig normaler Befund«.

»Wann kommt noch mal ihre Frau?«

»Um 11.30 Uhr«

Leicht genervt, jetzt kam die Frage zum wiederholten Mal.

Also wieder ab ins Wartezimmer.

Kurz nach 11.30 Uhr kam dann meine Frau.

»Wo möchten sie denn hin«

»ich möchte meinen Mann abholen«

Per Zufall stand auch Dr. Imhaus auch gerade draußen.

»Ja den können sie mitnehmen, der ist fertig«

Ich hatte mich inzwischen schon aus dem Wartezimmer heraus begeben und war auf sie zugegangen, um sie mit einem Kuss zu begrüßen.

Ich wollte nur noch raus, und so verließen wir die Praxis.

Die Krankmeldung, die mir Dr. Imhaus versprochen hatte, haben wir dann vergessen, und Anita hat sie am nächsten Tag geholt.

Einen Großteil dessen, was ich erlebt hatte, berichtete ich ihr. Zunächst wollten wir noch frühstücken gehen, da es aber fast schon Mittag war, entschlossen wir uns, zum Griechen zu gehen.

Trotz der vielen Dinge, die jetzt endlich wieder Geschmack hatten, blieb mir der Geschmack von Endofalk noch lange auf den Lippen. Gott sei Dank muss ich da erst in 5 Jahren wieder hin.

Aus meinem Tagebuch

Samstag, 2.8.08

Fast fünf Monate habe ich nichts geschrieben.
Gar nichts.
Kurz vor unserem Urlaub laufe ich, bedingt durch wirklich richtig viel Arbeit voll auf Reserve.
Zwangshalber bin ich jetzt seit gestern bei einem neuen Arbeitgeber.
Mein geliebtes RSK wurde mit dem Staat verschmolzen.
Und wieder hat sie sich eingeschlichen.
Diese nun so bekannte Angst, inklusive leichter Magenflaute.
In meiner schlechten Zeit hatte ich das ja täglich.
Nur viel schlimmer.
Heute ist es nur ein Anflug.
Glaube mich sicher und stark genug positioniert zu haben.
Mache einfach weiter.

Die anderen "neuen" Menschen, die jetzt meine Vorgesetzten sind, haben mir sehr deutlich bekundet, wie sehr sie sich freuen, wenn sie jetzt mit mir zusammen arbeiten dürfen.

Wer hätte das je gedacht.

Ziehe meine Kraft aus unserer glücklichen Ehe.

Anita ist 40 geworden.

Ich konnte sie mit musikalischen und anderen Gästen überraschen.

Heute und hier und jetzt ist das alles mal wieder eine Momentaufnahme.

Ein "Take" des Films.

Und Schnitt.

Versuchter Anruf
Ganz oben

Ich wünschte, dass der Himmel ein
Telefon hätte.
So könnte ich Eure Stimmen wieder
hören.
Ich dachte heute an Euch, aber das
ist nichts Neues.
Ich dachte vor ein paar Tagen an
Euch und wenige Tage davor auch.
Ich denke im Schweigen an Euch.
Manchmal spreche ich noch Eure
Namen.
Mutter!
Vater!
Oma!
Onkel!
Tante!
Das war ja alles innerhalb eines
Jahres.
Immer wieder zum selben
Sargmacher.
Alles, was ich habe, sind
Erinnerungen und Bilder von Euch.

Auch heute noch kommt die Trauer
immer mal wieder durch.
Dann weine ich.

Heimlich.
Denn ich will ja stark sein.
Stark für das Leben.
Das nüchterne Leben.

Die Jahre, die ihr nicht mehr da seid,
verstreichen.
Ein um das andere.
Jetzt sind es schon über dreißig
Jahre.
Aber die Erinnerungen an diese Zeit
sind noch da.
So, als ob das gestern gewesen
wäre:

Als ich den Nagel im Studio in die
Wand schlagen will, läutet das
Telefon.
Meine Mutter ruft an und teilt meiner
Lehrerin, die den Anruf
entgegennimmt mit, dass Vater mit
einem Schlaganfall ins Krankenhaus
eingeliefert worden ist.
Angeblich ist dieser nie ganz in die
Wand geschlagene Nagel lange
noch an diesem Platz gewesen.
Krumm.
Natürlich krumm.

Handwerklich habe ich ja zwei linke
Hände.

Ein paar Tage später fahre ich heim.
Sieben Stunden Zugfahrt.
Vom Bahnhof gehe ich die vertrauten
Wege nach Hause.
Mutter wartet schon auf mich.
Gemeinsam fahren wir mit unserem
VW Käfer ins Krankenhaus.

Aber die ganze Geschichte habe ich
ja schon aufgeschrieben.
Im ersten Buch.

Es sind die Erinnerungen, die mich
immer wieder einholen.

Wetter – und andere Betrachtungen
Mitten im Urlaub

<u>Sa. 21.9</u>
Noch mitten drin beim Sonnenbaden
beschließe ich, doch ein bisschen
das schon Erlebte aufzuschreiben.
Vor allen Dingen aber das Wetter.
Damit man, sollten wir noch einmal
herfahren, nachschauen kann, wie
es die Zeit, wo wir da waren, war,
denn die Erinnerungen an letztes
Jahr diesbezüglich sind nur noch
eher vage.
Aber beginnen wir ganz vorne.

<u>So. 15.9</u>
Da wir wissen, dass es am nächsten
Tag sehr früh losgeht, haben wir im
Vorfeld beschlossen, im Flughafen
im Hotel Kempinski zu übernachten.
Klingt zwar snobistisch, aber das war
schon mal bezahlbar, vor allen
Dingen, da der Besuch der Sauna
inklusive war.
Nachdem wir in der Früh noch
wählen waren, und im Café
Sonnenbank gefrühstückt hatten,

checken wir ein letztes Mal die Wohnung und fahren zum Flughafen.
Wir finden ein großes Hotel mit einem tollen Ambiente vor.
Sollte uns so ein früher Abflug noch einmal bevorstehen, müssen wir daran denken, unbedingt ein Nichtraucherzimmer zu reservieren, denn man riecht sehr deutlich, dass der Vorgänger, bzw. die Vorgängerin geraucht hat.
Auf dem eingeschalteten Fernseher wurde Anita mit einem netten Text begrüßt.
Wir gehen dann 3 Stunden in die Sauna, danach noch im Flughafengelände asiatisch essen und verbringen den Abend im Zimmer.

Mo. 16.9
Beim Einchecken sind wir, entgegen unserer Gewohnheit, so, wie sonst auch immer, viel zu früh zu sein, erst um 5.30 Uhr am Schalter.
Wir haben uns um 5 Uhr wecken lassen.

Bis wir dann 7.15 Uhr wirklich losfliegen, ist das noch genügend Zeit.

Vielleicht schaffen wir es auch bei den nächsten Malen, nicht zu früh zu kommen.

Als wir dann in Bulgarien ankommen, erwartet uns leider kein besonders schönes Wetter.

Nach einer einstündigen Busfahrt kommen wir im Hotel an.

Dort werden wir von allen so herzlich begrüßt, dass wir gleich in den »Urlaubsmodus« schalten können.

Ein Animateur, der im letzten Jahr noch »gewöhnlicher Animateur« war, leitet in diesem Jahr die Gruppe und kommt gerade per Zufall auch an die Rezeption.

Auch von ihm werden wir herzlichst begrüßt und in die Arme genommen.

Als wir nach kurzem Aufenthalt im Zimmer an den Strand kommen, scheint die Sonne.

Hinterher hören wir, dass dies der erste beständige Tag ist.

Es sieht so aus, als ob wir Glück haben.

Am Abend schauen wir uns schon die »Minidisco« für die Kinder und später die Show an.

Noch im Laufe dieses Abends treffen wir Menschen, die auch letztes Jahr da waren, und mit denen wir uns auch letztes Jahr immer wieder mal getroffen hatten.

Unter anderem Guido und Monika mit Bärbel, der Bärin.

Bei der Show stellen wir dann fest, dass alle unsere »geliebten« Animateure vom letzten Jahr auch da sind.

Der Urlaub kann kommen.

Di. 17,9

Den ganzen Tag ist es schön, und wir genießen das Strandleben.

In der Früh war ich »fleißig« und bin 30 Minuten im Pool geschwommen, und dann mit Anita ins Meer.

Das Schwimmen im Pool habe ich mir zwar täglich vorgenommen, aber so schön, wie heute sollte es morgens nicht mehr werden, und so fällt das Frühschwimmen aus.

Mi. 18.9
Vormittags.
Es ist kalt.
Es ist windig.
Gar nicht schön.
Schon hier behauptet Monika, dass
es letztes Jahr nicht so windig
gewesen sei.
Wir erinnern uns zwar an den Wind,
aber nicht an die Intensität.
Immerhin wird es nachmittags wieder
schön.

Do. 19.9
So kalt und windig, wie es gestern
war, ist es gar nicht mehr.
Es ist wieder schön.
Urlaub.
Also wieder genießen.
Morgens waren wir jetzt schon
mehrfach beim Bogenschießen und
nachmittags haben wir noch beim
Boccia mitgespielt.
Ein lästiger Russe nervt da sehr, und
wir überlegen uns, wie wir damit
umgehen.

Fr. 20.9

Mit T-Shirt und Pullover und ¾ Hose
liegen wir, dem Wetter zum Trotz am
Strand.
Später, wieder gegen Mittag kommt
dann doch noch die Sonne zum
Vorschein.

Sa. 21.9

Den ganzen Tag ist es, von
einzelnen Wolken abgesehen,
schön.
Also wieder ein entspannter Tag am
Strand.
Mit Bogenschießen und Boccia.
Inzwischen haben wir am Strand
auch »unseren Platz« gefunden.
Da können wir bis 17 Uhr bleiben,
bis die Sonne weg ist.
Die Liegestühle müssen zwar
mehrfach umgestellt werden, aber so
ist das eben.
Dieser und auch viele andere Plätze
sind Gott sei Dank bei der Belegung
des Hotels auch noch möglich, so
dass man nicht in der Früh aufstehen
und die Liegestühle reservieren
muss.

Das ist zwar offiziell verboten, aber von den Animateuren hören wir, dass es im Sommer teilweise so war, dass Leute schon um 3 Uhr Nachts aufgestanden sind, um Liegestühle am Strand zu reservieren.
Da sind doch froh, dass das jetzt nicht mehr so ist.
War auch im letzten Jahr kein Problem.

So.22.9
Vormittags ist es so schön, dass wir wieder am Strand liegen.
Ab mittags zieht es dann zu.
Ich gewinne im Boccia.
Fairerweise muss man dazu sagen, dass ein Animateur die ersten 3 Runden für mich gespielt hat, bevor ich einsteige.
Der moralische Sieger ist Anita.
Als wir um 17.30 Uhr ins Zimmer gehen, sieht es fast so aus, als würde es gleich regnen.
Im Internet war unter Wettervorhersagen eh schon zu lesen, dass es Montag schlechtes Wetter geben soll.

Heute ist zwar erst Sonntag, aber hier weiß man nie so genau.
Wir lassen uns überraschen und können es eh nicht ändern.
Anita nimmt am Abend den kleinen blauen Bär, der mitreisen durfte, mit in die Minidisco.

Mo.23.9
Wetter fast so wie gestern.
Vormittags schön, mittags zieht es wieder zu, dann aber nachmittags ein Traum.
Durch »Liegenachbarn« angeregt, gehen wir sogar wieder ins Meer, was auch, wenn man dann mal drin ist, wirklich wärmer zu sein scheint, bzw. ist.
Endlich treffen wir am Mittag auch Vanja und können unser Geschenk abgeben.
Damit wir alle am Anfang besprochenen Dinge auch schaffen, gehen wir am Abend mit Monika und Guido essen.
Ich habe mich beim Boccia rausgehalten und bekomme »Stimmungen« die mich irgendwie

schon auf Abschied von hier bringen,
dabei sind es noch 6 volle Tage.
Wie schnell die erste Woche
verflogen ist.
Innerlich schreie ich »Zeit, lauf nicht
so schnell« und doch, ganz tief in mir
drin, freue ich mich dann doch auch
wieder auf daheim.
Genieße aber hier jeden Augenblick.
Die »vorletzten« Sonnenstunden
noch mit ins Zimmer genommen.
Auch, damit ich dich, die ich so liebe
anlächeln kann.

Di.24.9
Ein sonniger Tag.
Trotzdem breche ich um 15 Uhr ab,
gehe ins Zimmer, schlafe 2 Stunden
mit komischen Träumen tief und fest.
Dann E-Mails checken.
Der gestrige Abend mit Monika und
Guido ging sehr schnell, viel zu
schnell, um.
Immer mehr beschleicht mich das
Gefühl, dass die Beiden allein sein
wollen, ihre Ruhe haben wollen.
Gerade am Nachmittag, als Monika
jetzt schon weiß, dass unendlich viel

Stress auf beide zukommt, wenn sie
wieder daheim sind.
Mal schauen, wie das in den
nächsten zwei Tagen, wo die beiden
noch da sind, weitergeht.
Wie gesagt, ich werde vorsichtig
sein.

Mi.25.9
Kalter Septemberwind trifft auf heiße
Septembersonne.
Wenn der Wind nicht wäre, wäre das
sicherlich der schönste Tag
gewesen.
Nur ganz wenige Wolken.
Bei der Animation, bei der ich sonst
fast jeden Tag mitgemacht habe,
mache ich heute nicht mit, und
gönne mir einen Strandtag, und nur
das.
Faul auf der Liege liegen und die
Gedanken schweifen lassen.
Superfaul.
Super relaxt.
Ob man bei den Spielen dabei ist,
oder nicht, scheint auch nicht
aufzufallen.
Morgen werde ich das testen.

Sollte ich am Sonntag um 22 Uhr schlafen gehen, was ich nicht glaube, was aber sein könnte, dann sind es ab heute nur noch 100 Stunden.

Warum auch immer – Monika und Guido haben heute schon um 15 Uhr den Strandtag beendet.

Noch keine Berührungspunkte heute mit den beiden.

Warte auf Anita.

Wahrscheinlich mache ich einen Zimmerabend mit Fernsehen.

Weit vorher auf dem Weg in die Lobby Bar haben wir gesehen, dass Monika und Guido nicht abgebrochen hatten, sondern sich die wirklich letzten Stunden ihres Aufenthalts die allerletzten Sonnenstrahlen auf der Terrasse hinter dem Haus abgeholt hatten.

Wahrscheinlich ist es dort auch nicht so windig.

Diesen Platz haben wir noch gar nicht ausprobiert.

Glaube auch nicht, dass wir da mal sein werden.

Wir feuern Monika so heftig an, dass sie im Boccia gewinnt.

Was für ein Tag.

Heute war sogar der Wind fast weg.

Das Meer war super.

Bei allem irgendwie eine ausgelassene lustige Stimmung.

Auch, wenn sich einige schon fast im Aufbruch heimwärts befinden, so, wie Monika und Guido.

Jetzt merkt man sehr deutlich, dass sie gar nicht weiß, wie sie mit dem Gedanken, dass der Urlaub hier schon vorbei ist, umgehen soll.

Ich bin gespannt, wie es uns am Sonntag geht.

Noch schieben wir das weit weg.

Noch 81 Stunden, bis wir abgeholt werden.

Ich zähle die Stunden.

So was Blödes.

Der Abschied von Monika und Guido am Abend artet in ein so heftiges Gelage aus, dass nicht nur wir, sondern auch andere sich bald zurückziehen.

Wir können nur hoffen, dass die beiden trotzdem am Ende gut daheim angekommen sind.
Meine persönlichen Empfindungen haben sich, zumindest was Guido betrifft, verändert.
Sollten wir noch einmal herfahren und die beiden wieder treffen, werde ich noch vorsichtiger mit ihnen umgehen.
Ich glaube Anita geht das ähnlich.
Für uns brechen morgen die 2 letzten vollen Tage an.
Hoffentlich hält das Wetter noch ein bisschen.
Im Internet ist am Samstag von Regen die Rede.
Wir werden sehen.

Fr.27.9
Es ist leider so kalt und windig, dass wir »strandtechnisch« schon am Mittag abbrechen.
Beim Bogenschießen in der Früh sind wir noch dabei, auch, wenn wir nicht viel treffen.
Am Abend spielen wir mit 2 anderen Paaren Rommé.

Sa.28.9

Die Vorhersage im Internet hat sich leider bewahrheitet.

Es regnet und ist windig.

Es ist gar nicht daran zu denken, am Strand zu liegen und die Sonne zu genießen.

Wir spielen Backgammon und wieder mit einem anderen Paar Rommé.

Am Nachmittag klart es immerhin so auf, dass wir an der frischen Luft sein können.

Anita gewinnt Darts und ich oft im Backgammon.

Wahrscheinlich werde ich am Abend singen.

Wir haben eben nachgesehen, dass wir Montag um 1.45 Uhr abgeholt werden.

Ja dann mal gute Nacht.

Da auch morgen unbeständiges Wetter sein soll, haben wir die ausgeliehenen Strandtücher schon abgegeben, das Geld wieder geholt, und einen »Wake up call« um 1 Uhr bestellt.

Jetzt geht er also wirklich zu Ende.

Unser Urlaub in Bulgarien.

Ich denke, wir haben uns gut erholt.

<u>So.29.9</u>

Nachdem wir ja jetzt wissen, wann wir abgeholt werden, sind alle meine Berechnungen, wie viel, bzw. wenig uns noch Zeit bleibt, falsch.

Ich war ja immer von einer Abholzeit um 5 Uhr morgens ausgegangen. Jetzt noch einmal alles neu zu rechnen, ist unsinnig.

Es ist und bleibt definitiv der letzte Tag.

Auch dieser Tag empfängt uns wolkig und regnerisch, heißt also noch einen Tag in der Lobby Bar Karten – und Backgammon spielen. Immerhin hört es dann doch auf zu regnen, so dass ich Anita beim Darts spielen anfeuern kann.

Nach dem Mittagessen lege ich mich etwas hin, während Anita schon die Koffer packt.

Langsam aber sicher sagen wir schon bye, bye, Bulgarien.

Danke an Valentin für das gute Essen.

Danke an alle Animateure.

Vielleicht bis bald.

Schließe mein Reisetagebuch hiermit ab, in der Hoffnung, gesund und munter wieder heim zu kommen.
Ich liebe dich!
Danke für den schönen gemeinsamen Urlaub.
Daheim haben wir dann ja noch eine Woche zusammen, bevor die Arbeit wieder losgeht.

Nachschlag
Es dauert gar nicht lange.
Natürlich haben wir die neuesten Urlaubsangebote uns schon angeschaut.
Auch viel Schönes dabei.
Dann aber beschließen wir auch im dritten Jahr hintereinander wieder nach Bulgarien zu fahren.
Es ist ja alles gut da.
Warum also sollen wir nicht dorthin fahren.
Nur noch…
Nein, das zähle ich jetzt nicht.
Bis bald Bulgarien.

Danke an

Die alten Freunde
Von den meisten habe ich mich
getrennt. Nur Henner sehe ich noch
manchmal.

Therapeuten der Würmtalklinik
Jetzt ist Werner in Rente gegangen.
Die anderen interessiert es beim Ex-
User Treffen nicht wirklich, wie es
einem geht, aber ohne die Klinik
würde ich nicht nüchtern leben.

Horst Hubka und Familie
Immer noch mein bester Freund.
Jetzt sind es schon über 20 Jahre,
die auch er nüchtern lebt.
Immer wieder mal treffen wir uns,
machen Musik oder ratschen einfach
nur.

Brigitte Müller
Eine Therapie mache ich schon
lange nicht mehr.
Höchstens meine eigene.
Täglich.
Auch das funktioniert.

Anita Hopfinger
Meine Frau.
Jetzt schon viele Jahre.
Und, so Gott will, auch noch viele
Jahre.

Alle anderen
Gab es überhaupt andere?
Wenn ja, habe ich die vergessen.
Es gab so viele, die nicht geholfen
haben.

Mich
Dass ich mich selbst ertrage.
Dass ich gefestigt bin.
Dass ich Kompromisse machen
kann.
Nüchtern.

Wir lieben Schnee

8. Dezember 18 Uhr

Es hat angefangen zu schneien.
Der erste Schnee in diesem Jahr.
Meine Frau und ich haben unsere
Getränke genommen und
stundenlang am Fenster gesessen
und zugesehen, wie riesige, weiße
Flocken vom Himmel schweben.
Es sah aus wie im Märchen.

So romantisch – wir fühlten uns wie
frisch verheiratet.
Ich liebe Schnee.

9. Dezember

Als wir wach wurden, hatte eine
riesige, wunderschöne Decke aus
weißem Schnee jeden Zentimeter
der Landschaft zugedeckt.
Was für ein phantastischer Anblick!
Kann es einen schöneren Platz auf
der Welt geben?
Hierher zu ziehen war die beste
Idee, die ich je in meinem Leben
hatte.

Habe zum ersten Mal seit Jahren
wieder Schnee geschaufelt und
fühlte mich wieder wie ein kleiner
Junge.
Habe die Einfahrt und den
Bürgersteig freigeschaufelt.
Heute Nachmittag kam der
Schneepflug vorbei und hat den
Bürgersteig und die Einfahrt wieder
zugeschoben, also holte ich die
Schaufel wieder heraus.
Was für ein tolles Leben.

12. Dezember

Die Sonne hat unseren ganzen tollen
Schnee geschmolzen.
Was für eine Enttäuschung.
Mein Nachbar hat gesagt, dass ich
mir keine Sorgen machen soll, wir
werden definitiv eine weiße
Weihnacht haben.
Kein Schnee zu Weihnachten wäre
schrecklich!
Er sagt auch noch, dass wir bis zum
Jahresende so viel Schnee haben
werden dass ich nie wieder Schnee
sehen will.

Ich glaube nicht, dass das möglich
ist.
Er ist sehr nett – ich bin froh, dass er
unser Nachbar ist.

14. Dezember

Schnee, wundervoller Schnee, 130
cm letzte Nacht.
Die Temperatur ist auf – 20 Grad
gesunken.
Die Kälte lässt alles glitzern.
Der Wind nahm mir den Atem, aber
ich habe mich beim Schaufeln
wieder aufgewärmt.
Das ist ein Leben!
Der Schneepflug kam heute
Nachmittag und hat wieder alles
zugeschoben.
Mir war nicht klar, dass ich soviel
würde schaufeln müssen, aber so
komme ich in Form.
Wünschte, ich würde nicht so Pusten
und Schnaufen.

15. Dezember

60 cm Vorhersage.

Habe mein kleines Auto verkauft und einen Jeep gekauft.
Und Winterreifen für das Auto meiner Frau und zwei Extraschaufeln.
Habe den Kühlschrank aufgefüllt.
Meine Frau will einen Holzofen, falls der Strom ausfällt.
Das ist lächerlich – schließlich sind wir doch nicht in Alaska.

16. Dezember

Eissturm heute Morgen.
Bin in der Einfahrt auf den Arsch gefallen, als ich Salz streuen wollte.
Tut höllisch weh.
Meine Frau hat eine Stunde gelacht.
Das finde ich ziemlich grausam.

17. Dezember

Immer noch weit unter Null.
Die Straßen sind zu vereist, um irgendwohin zu kommen.
Der Strom war 5 Stunden weg.
Musste mich in Decken wickeln, um nicht zu erfrieren.
Kein Fernseher.

Nichts zu tun, als meine Frau
anzustarren und zu versuchen, sie
zu irritieren.
Glaube, wir hätten einen Holzofen
kaufen sollen, würde das aber nie
zugeben.
Ich hasse es, wenn sie Recht hat!
Ich hasse es, in meinem eigenen
Wohnzimmer zu erfrieren!

20. Dezember

Der Strom ist wieder da, aber noch
mal 40 cm von dem verdammten
Zeug letzte Nacht!
Noch mehr zu schaufeln.
Hat den ganzen Tag gedauert.
Der beschissene Schneepflug kam
zweimal vorbei.
Habe versucht eines der
Nachbarkinder zum Schaufeln zu
überreden.
Aber die sagen, sie hätten keine Zeit,
weil sie Hockey spielen müssen.
Ich glaube, dass die lügen.
Wollte eine Schneefräse im
Baumarkt kaufen.
Die hatten keine mehr.

Kriegen erst im März wieder welche rein.

Ich glaube, dass die lügen.

Unser Nachbar sagt, dass ich schaufeln muss oder die Stadt macht es und schickt mir die Rechnung.

Ich glaube, dass er lügt.

22. Dezember

Unser Nachbar hatte recht mit weißer Weihnacht, weil heute Nacht noch mal 30 cm von dem weißen Zeug gefallen sind und es ist so kalt, dass es bis August nicht schmelzen wird.

Es hat 45 Minuten gedauert, bis ich fertig angezogen war zum Schaufeln und dann musste ich pinkeln.

Als ich mich schließlich ausgezogen, gepinkelt und wieder angezogen hatte, war ich zu müde zum Schaufeln.

Habe versucht für den Rest des Winters unseren Nachbarn anzuheuern, der eine Schneefräse an seinem Lastwagen hat, aber er sagt, dass er zu viel zu tun hat.

Ich glaube, dass er lügt.

23. Dezember

Nur 10 cm Schnee heute.
Und es hat sich auf 0 Grad erwärmt.
Meine Frau wollte, dass ich heute
das Haus dekoriere,
Ist die bekloppt?
Ich habe keine Zeit – ich muss
SCHAUFELN!!
Warum hat sie es mir nicht schon vor
einem Monat gesagt?
Sie sagt, sie hat, aber ich glaube,
dass sie lügt.

24. Dezember

20 Zentimeter.
Der Schnee ist vom Schneepflug so
fest zusammengeschoben worden,
dass ich die Schaufel abgebrochen
habe.
Dachte, ich kriege einen Herzanfall!
Falls ich jemals den Arsch kriege,
der den Schneepflug fährt, ziehe ich
ihn an seinen Haaren durch den
Schnee.
Ich weiß genau, dass er sich hinter
der Ecke versteckt, und wartet, bis
ich mit dem Schaufeln fertig bin.

Dann kommt er mit 150 km/h die Straße runtergerast und wirft tonnenweise Schnee auf die Stelle, wo ich gerade war.
Heute Nacht wollte meine Frau mit mir Weihnachtslieder singen und Geschenke auspacken, aber ich hatte keine Zeit.
Musste nach dem Schneepflug Ausschau halten.

25. Dezember

Frohe Weihnachten.
60 cm von der…!!!
Eingeschneit.
Der Gedanke an Schneeschaufeln lässt mein Blut kochen.
Gott, ich hasse Schnee!
Dann kam der Schneepflug vorbei und hat nach einer Spende gefragt.
Ich hab ihm meine Schaufel über den Kopf gezogen.
Meine Frau sagt, dass ich schlechte Manieren habe.
Ich glaube, dass sie eine Idiotin ist.

26. Dezember

Immer noch eingeschneit.
Warum um alles in der Welt sind wir
hierher gezogen?
Es war IHRE Idee.
Sie geht mir echt auf die Nerven.

27. Dezember

Die Temperatur ist auf -30 Grad
gefallen und die Wasserrohre sind
eingefroren.

28. Dezember

Es hat sich auf -5 Grad erwärmt.
Immer noch eingeschneit.
DIE ALTE MACHT MICH
VERRÜCKT!!!

29. Dezember

Nochmal 30 Zentimeter.
Unser Nachbar sagt, dass ich das
Dach freischaufeln muss, oder es
wird einstürzen.
Das ist das Dämlichste was ich je
gehört habe.

Für wie blöd hält der mich eigentlich?

30. Dezember

Das Dach ist eingestürzt.
Der Schneepflugfahrer verklagt mich
auf 50.000 € Schmerzensgeld.
Meine Frau ist zu ihrer Mutter
gefahren.
25 Zentimeter vorhergesagt.

31. Dezember

Habe den Rest vom Haus
angesteckt.
Nie mehr Schaufeln.

8. Januar

Mir geht es gut.
Ich mag die kleinen blauen Pillen, die
sie mir andauernd geben.
Warum bin ich an das Bett
gefesselt???

Ende

Und dann ist es wieder da.
Das Ende des Buches.
Gibt es noch etwas zu schreiben?
Habe ich die Dinge, die ich schreiben
wollte, auch geschrieben?
Lese alles noch mal durch.
Ausgetauscht.
Merke, dass ich mein früheres
Leben, das ja nur darin bestand, zu
sehen, wie man den Tag
»rumbringt« ausgetauscht habe
gegen mein nüchternes Leben.
Mit einem festen Arbeitsplatz.
Mit einer schönen Wohnung.
Mit meiner Frau an meiner Seite.
Mit neuen Freunden.
Nicht vielen.
Mit der »neuen Verwandtschaft«.
Bis auf meine Cousine aus Münster
habe ich sämtliche Verwandten aus
der alten Zeit sozusagen
abgeschafft.
Es gibt sie nicht mehr.
Sie haben sich in den letzten 32
Jahren eh nicht um mich gekümmert.

Meine Eltern die Bezugspersonen
waren tot, ich in München, also,
warum sollte man sich kümmern?
Auch noch um einen Alkoholiker.
Ob sie das mitbekommen haben,
weiß ich nicht, denn daheim in
Münster war ja noch alles in
Ordnung.
Soweit das überhaupt in Ordnung
sein konnte.
Mit 24 war ich überhaupt noch nicht
gefestigt.
Stand auf einmal allein da.
Ganz allein.
Das hat mir, auch wenn ich das
niemals zugegeben habe, schwer zu
schaffen gemacht.
Dieses Thema des Alleinseins hat
mich dann noch Jahre verfolgt.
Das ist jetzt Gott sei Dank alles
vorbei.
»Ausgebrochen aus der Einsamkeit«
und »Angekommen im Leben«